드
럼
통

드럼통

최상훈 지음

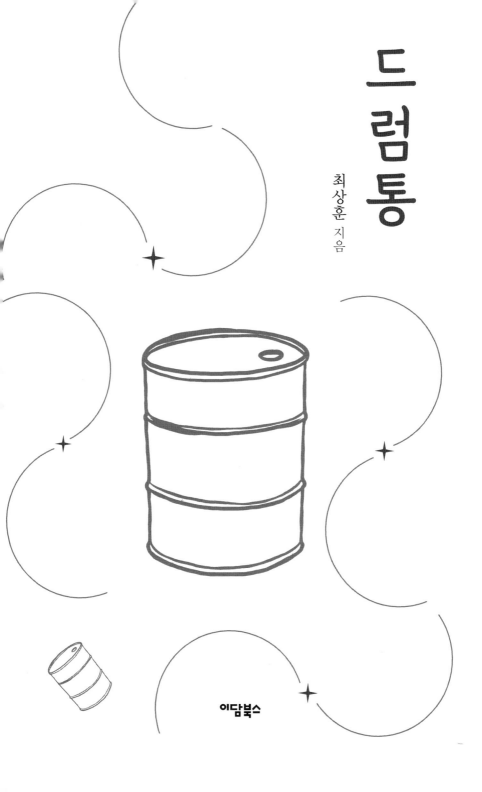

이담북스

차
례

1

　상희의 집에는 가스레인지가 없었다. 그때가 아마도 1993년이었을 것이다. 내가 기억하는 그 집의 취사도구는 드럼통을 잘라 만든 화덕이었다. 그 화덕으로 솥에 밥을 해 먹고 국도 끓여 먹었다. 나중에야 알게 된 거지만 상희네 집은 주소지 등록도 제대로 돼 있지 않았다. 이미 선진국으로 발돋움하던 시절의 한국 땅에서 상희네는 개천이 흐르는 모래밭 근처에 초가집을 짓고 살았다.

　그 집에 살던 내 친구 상희에 대한 이야기다. 그 집에는 상희의 할아버지와 피부색이 유독 검었던 누나 그리고 상희가 같이 살았다. 그리고 설명했다시피 그 집은 매우 가난했다. 그렇지만 내 기억을 의존해 보자면 그 집에는 행복도 같이 살았다. 내가 상희를 처음 본 건 같은 반이 되던 날이었다. 어색한 모습으로 모르는 아이들끼리 교실 안에 들어섰을 때 밝은 빛을 비추는 아이가 있는가 하면 어둠을 드리우는 아이가 있었다. 상희는 어둠을 드리우는 아이였다. 사람은 본능적으로 밝은 곳을 좋아한다. 따뜻한 곳을 좋아한다. 상희에게서는 그런 기운이 느껴지지 않았다. 표정이 어두웠고 행색과 옷차림이 어두웠다. 3월 초에 시작된 학기에 담임선생님이 배정되었다. 나는 항상 TV에서 보던 근사하고 예쁜 처녀 선생님을 기대했지만 우리 반에 회초리를 들고 들어온 선생은 여자는 맞지만 얼굴이 꽤나 못생겼고 운동복 차림에 전라도 사투리를 구사했다. 선생은 제법 젊은 편에 속했다. 이제 막

결혼한 신혼이었고 얼굴에는 여드름 자욱이 가득했다.

"안녕하세요! 여러분! 제 이름은 김희란이라고 합니다. 앞으로 일 년 동안 여러분과 같은 이 학급의 구성원으로서 우리 반을 이끌어 갈 선생님이에요. 저는 여러분과 약속 하나를 할 거예요. 저는 어떤 일이 있더라도 체벌이나 폭력은 사용하지 않을 겁니다."

선생의 말에 교실은 순간 술렁거리기 시작했다. 폭력과 체벌을 사용하지 않겠다는 선생의 말은 당시 우리가 자라나던 시대에서는 상당히 파격적인 약속이었기 때문이다. 기억을 되짚어 보자면 고사리 같은 아이들 손바닥을 사정없이 내려치던 선생도 많았던 시절이었고, 사라졌다고는 하지만 일제의 잔재가 은근히 남아 있던 시절이라 뺨을 후려친다거나 종아리나 허벅지를 때리고 더러는 가혹한 방법으로 훈육이라는 이름하에 아이들에게 잔인한 체벌을 내리던 선생이 많았던 시절이었기 때문이었다. 그렇지만 김희란 선생이 우리를 보자마자 했던 약속은 우리의 마음에 희망을 넘어선 어떤 극한의 쾌락을 심어 주기까지 했다. 그렇지만 그녀가 우리에게 가하고 우리에게 선사했던 세상은 물리적인 폭력을 넘어선 영혼의 가학이었음을 알기까지는 그리 오랜 시간이 걸리지 않았다.

내가 상희를 알게 된 건 바로 그날이었다. 선생은 우리가 그동안 만나 왔던 선생과는 다르게 모두가 친해져야 한다는 일념으로 마음이 맞는 아이들끼리 짝 지어 주지 않았다. 제비를 뽑아 아이들을 임의로

섞어 앉게 했다. 그렇게 상희는 운이 좋은 건지 나쁜 건지 학급에서 가장 예쁘고 부유한 집 아이와 짝이 됐다. 난 그날 상희와 짝이었던 그 아이 얼굴을 또렷이 기억한다. 그 어린아이 얼굴에서 세상을 잃은 것 같은 억울함과 분노가 나타났으니 말이다. 그 부잣집 딸아이는 본능적으로 세상의 가난과 더러움을 향한 혐오를 체득하고 있었다. 그렇게 학급 아이들을 대충 맺어 준 선생은 수업을 진행해 나갔다. 간간이 절제되지 않은 전라도 말투가 나는 참 신기했다. 그렇게 네 번의 수업 시간이 끝나고 우리는 그 해의 첫 점심시간을 맞이했다. 계급이란 건 본능과도 같았다. 가난한 아이는 가난한 아이와 밥을 먹었고 부잣집 아이는 부잣집 아이와 밥을 먹었다. 그냥저냥 사는 아이는 또 그냥저냥 사는 아이와 밥을 먹었다. 그때 상희가 나에게 쭈뼛거리며 다가왔다.

"다들 밥 같이 먹을 사람을 정한 것 같은데… 나랑 같이 먹을래?"

상희가 나에게 한 첫마디였다. 그랬다. 상희 눈에도 나는 가난해 보였다. 나는 상희를 내 책상으로 안내했고 우리는 반찬 뚜껑을 열어 밥을 먹기 시작했다. 3월이었으니까 여전히 늦겨울이었는데 상희의 도시락은 보온도시락이 아니었다. 그냥 플라스틱 도시락에 흰 쌀밥을 구겨 담은 채로 반찬은 대충 퍼 담은 김치가 전부였다. 내 도시락 반찬 뚜껑을 열자 계란말이가 보였다. 상희는 계란말이를 보자 눈빛이 반짝반짝 빛났고 대충 내 눈치를 본 뒤 밥을 입에 퍼 넣고는 계란말이를 구겨 넣기 시작했다. 난 불공평하다고 생각했다. 나의 계란말이에 준

한 반찬을 상희가 가져왔기를 바랐지만 상희의 반찬은 그러질 못했다. 용기 내어 상희의 반찬을 먹어 보았다. 볼품없는 김치였지만 제법 맛이 있었다.

"우리 집 김치 맛있지? 우리 할아버지가 만든 거야!"

내 눈치를 보던 상희가 계란말이를 집으며 말했다.

"응."

나 또한 아직 상희가 어색해 눈치 보며 대답했다. 그렇게 점심시간에 난 상희의 김치로 배를 채웠고 상희는 내 계란말이로 배를 채웠다. 불공평한 듯하면서 공평한 첫 식사가 마무리되었다.

"넌 이름이 뭐야?"

상희가 식사 후에 나에게 건넨 질문이었다.

"응. 내 이름은 장훈이야, 최장훈! 아빠가 지어 준 이름이라고 했어!"

"누가? 누가 그 말을 해 줬어?"

"우리 엄마가!"

"엄마?"

"응 엄마가!"

나는 상희에게 자랑이나 하듯 엄마라는 단어에 힘을 주어 말했다. 내가 엄마라는 말을 힘주어 말했을 때 나는 순간 상희의 눈에서 여러 가지 생각을 엿보았다.

"넌 누가 이름 지어 줬어?"

내가 상희에게 물었다.

"할아버지! 난 엄마 없어! 도망갔어! 세 살 때 나랑 우리 누나를 떼 놓고…."

상희가 대답했다. 엄마가 도망갔다는 이야기를 거리낌 없이 말하는 상희의 말에 나는 화들짝 놀랐다. 피가 철철 흐르는 스스로의 상처를 나에게 장난삼아 보이는 것 같았다. 상희의 그 말에서 난 여러 감정을 느꼈다. 엄마라는 대상을 향한 미움과 분노, 아쉬움 그리고 그리움…. 첫날의 수업을 마치고 3월의 차가운 바람과 약간은 따뜻한 햇살을 느끼며 나와 상희는 나란히 걸었다. 길을 걷는 긴 시간 동안 우리는 제법 많은 말을 주고받았다. 서로의 꿈이며 좋아하는 장난감이라든가 좋아하는 과목 같은 걸 말이다. 상희는 좋아하는 과목이 없었다. 공부 자체를 상희는 싫어하고 혐오했다.

"나는 그래도 사회는 재미있는데…."

내가 상희에게 말했다.

"난 공부 자체가 싫어! 왜냐하면 공부를 못하면 맞아야 하니까! 공부란 걸 못할 수도 있지 때리기는 왜 때려?"

그랬다. 상희는 가난했고 행색도 못났으며 공부도 못했다. 내 기억에는 제법 맞춤법도 많이 틀리는 아이였다. 그렇게 같이 걷다가 어느 지점에 오자 상희는 다급하게 말했다.

"난 이제 갈게! 여기서 좀 더 가야 우리 집이야!"

"방향이 달라?"

내 눈치를 보던 상희는 대답했다.

"응! 여기서 좀 더 걸어가야 해! 먼저 가!"

상희는 그렇게 말하고 그 자리에서 긴장한 듯 목석처럼 서 있었다.

"그래. 그럼 먼저 갈게."

나는 그렇게 말하며 먼저 걷기 시작했다. 걷다가 뒤를 돌아보면 상희는 어색하게 웃으며 손을 흔들었다.

2

아직은 어색함이 학급 안에 많이 감돌 무렵 어느 날 선생은 학급에 하나의 법령을 단독적으로 세웠다. 그것으로 그녀의 세상 즉, 독재와도 같은 그녀만의 세상을 건설하기 시작했다. 그 세상은 견고하고도 강력했으며 치밀하고 고통스러웠다.

"여러분! 저는 무슨 일이 있어도 여러분에게 폭력을 행사하지 않을 거라고 약속했지요? 여러분도 제가 여러분에게 호의를 베푸는 만큼 서로에게 호의를 베풀어야 해요. 그래서 건설적이고 건강한 학급을 이루어 나가야 합니다."

이런 말로 그녀는 그녀의 검은 속내를 조금씩 드러내기 시작했다. 계속해서 그녀의 말이 이어졌다.

"저는 여러분이 고운 말을 쓰기 바랍니다. 저는 이미 여러분이 저학년 때부터 욕설을 생활화 한 걸 알고 있어요! 앞으로는 우리 학급에서 욕은 절대 해서는 안 됩니다. 그리고 이를 실현하기 위해 한 가지 제도적 장치를 만들 거예요."

어린 나이의 우리였지만 당시 어른들이 사용하고 분노를 표현하던 욕설을 우리 역시 아무 여과 없이 따라 사용했다. 우리가 사용한 욕설은 어른들의 그것보다 혁신적이고 창의적이기까지 했다. 선생은 아이들의 그 약점을 자신의 권력 기반으로 삼으려 했다.

"담임의 재량으로 법을 하나 만들 거예요. 앞으로 우리 학급에서 욕설을 사용하다 걸리면 벌금을 물게 할 겁니다. 그 액수도 내가 정할 거예요. 200원입니다. 여러분이 만약 욕설을 하다 걸리면 아마 그날 부모님께 받은 간식 값은 학급을 위해서 사용하게 될 겁니다."

상냥했던 담임선생님의 존댓말 속에 선언되는 그 말로 학급 공기는 차가워졌고 아이들은 숨 막히듯 경직되었다. 순간 아이들 머릿속에서는 담임선생님은 우리가 대적하거나 이길 수 없는 대상이라는 계산이 빠르게 섰다. 나 또한 마찬가지였다. 손바닥을 맞거나 체벌로 방과 후

청소를 하는 것은 견딜 만했지만 피 같은 동전 두 개를 빼앗긴다는 것은 두려움과 공포를 몰고 오기에 충분하고도 넘쳤다. 굴종이 살아남는 방법이며, 자신의 존재를 안전하게 할 게 뭔지 알았던 부잣집 아이와 공부 잘하는 아이들은 선생님께 곧바로 순종적인 태도를 보였다.

"선생님! 좀 더 경각심을 갖게 하려면 300원이 좋을 것 같습니다."

지희 말이었다. 내 기억이 맞았다면 지희라는 아이였다. 아버지는 제법 큰 의원의 의사였고 어머니는 읍내에서 운영하는 작은 산부인과 의사였다. 나는 지희의 그때 그 태도에서 살아남기 위해 선생님 편이 되려는 몸부림을 느낄 수 있었다. 나는 주위를 둘러보았고, 선생님 편에 서기로 한 아이들은 모두 묘한 긍정의 미소를 띠며 자신도 선생님 편이 될 수 있을 거라는 막연한 희망에 흥분하고 있었다. 하지만 대부분의 아이는 이전에 겪어보지 못한 체벌이 자신을 기다리고 있다는 생각에 여전히 굳은 마음과 몸을 녹이지 못했다. 200원이라는 돈은 그렇게 우리를 무력화시키는 힘이 있었다. 그랬다. 200원이라는 돈은 1993년의 우리에게는 무척이나 큰돈이었다.

따뜻한 봄날, 선생님의 지도 아래 학급 정비를 시작했다. 손재주가 뛰어난 아이들을 뽑아 반을 꾸미기 시작했고 반에서 잘살고 공부를 잘하는 아이들과 그렇지 못한 아이들의 경계가 지어지기 시작한 시기도 그때였다. 나는 공부를 못했고 상희도 공부를 못했다. 나는 가정 형편이 여의치 않았고 상희도 가난했다. 그래서 우리는 누구보다도 강렬한 공통분모가 있었고 그래서 빠르게 서로를 끌어당길 수 있었다. 점심시간의 도시락 단짝은 역시 상희였다. 나는 시간이 갈수록 상희의 김치가 점점 좋아졌다. 그렇지만 상희는 도시락을 가져오지 않고 보리건빵 같은 걸로 물과 함께 때우기도 했다. 그럴 때면 나는 몇 숟가락 밥을 퍼서 상희 입에 넣어 주곤 했다. 물론 내가 준비한 누추한 반찬과 함께 말이다. 상희의 입에 밥을 넣어 줄 때면 따뜻한 마음마저 들었다. 그렇게 상희와 나는 더욱 따스한 우정을 쌓아갈 수 있었다. 그때의 시간을 환기해 보자면 서로 간의 보이지 않는 계급과 계층이 좀 더 확연해질 때쯤 드디어 학급에서 벌금을 부과하는 사건이 일어나고 말았다.

순옥이는 글을 읽는 데 서툴렀다. 단어를 표현할 때 받침이나 문법을 제대로 표현할 줄 몰랐다. 들은 이야기지만 당시 순옥이 아버지는 때늦은 나이에 순옥이를 낳았고 지적 능력이 많이 떨어진 채로 순옥이가 태어났다. 발단은 그랬다. 순옥이가 책을 읽으면서 어눌하고 바르지 못한 발음 소리를 내자 옆에 있던 지희와 그의 무리가 키득거리며 웃기 시작했다. 내가 봤을 때 지희는 지적 환경적 우월감에서 오는 세상 행복한 웃음으로 가득했다.

"씨발년아!"

분노에 가득 찬 순옥이의 목소리였다. 순간 우리 반은 얼음장처럼 차가워져 정적이 흘렀고 아이들 머릿속에서는 복잡한 생각이 오고 갔다. 지희는 순옥이 얼굴을 빤히 쳐다보기만 했다. 물론 지희의 얼굴도 분노가 가득했다. 그 어린 얼굴에서 나는 자기보다 열등한 존재를 향한 혐오를 발견했다. 13살의 아이는 이미 충분히 그럴 수 있는 나이였다. 지희는 선생님 수업 시간이 시작되기만을 기다리고 있었다. 이내 곧 수업이 시작되자 선생님을 다급히 불렀다.

"선생님! 드릴 말씀이 있는데요! 순옥이가 저한테 아까 욕을 했습니다! 씨발년이라고요!"

마음의 분노를 꾹꾹 누르며 지희는 선생님에게 말했다. 예상대로 선생님의 얼굴은 굳어졌고 이내 입을 열었다.

"순옥이 잠깐 일어나 볼까?"

선생님 말에 순옥이는 의자 끄는 소리를 내며 자리에서 일어났다. 아이는 자신의 물질을 잃어버릴지 모른다는 두려움에 사로잡혀 있었다.

"순옥이는 왜 욕을 했지?"

순옥이는 자신이 글을 잘 읽지 못해 놀림당했다는 사실을 선생님

앞에서 설명하기 부끄러워하는 것 같았다. 무섭고 두려워 보였다. 그리고 순옥이 마음속에는 선생님은 부끄러운 자신의 모습보다 공부도 잘하고 옷도 말끔하게 입은 지희 무리의 말을 더 잘 믿을 거라고 생각하는 듯했다.

"선생님! 순옥이가 씨발년이라고 말했어요!"

지희 무리의 아이 중 한 명인 자영이가 말을 이었다. 자영이는 공부도 잘 못했고 집이 잘사는 것도 아니었지만 내심 신분 상승을 꿈꾸며 지희 무리에 들려고 애쓰는 시녀 같은 노릇을 했던 것으로 기억한다. 여전히 순옥이는 아무 말도 못 한 채 고개를 숙이고 있었다. 그러던 순옥이는 이내 어깨를 들썩이며 울기 시작했다. 첫 번째 이유는 자신의 억울함을 설명할 용기가 없는 슬픔 때문이었고, 두 번째 이유는 곧 있으면 자신의 호주머니에서 나갈 금쪽 같은 동전 때문에 두려워 그러는 것 같았다.

"제가 여러분에게 말했듯 욕설은 절대 안 됩니다. 다른 부분은 용인될지 몰라도 자라나는 여러분에게 욕은 절대 안 돼요! 이 사안에 대해 구체적으로 이야기를 나누고 싶네요. 앞으로 욕을 할 때마다 실질적으로 벌금 부과할 사람을 선정할 거예요. 그래서 그 사람이 벌금을 걷고 그 벌금으로 때가 되면 반을 미화하는 데 사용할 겁니다."

선생님의 벌금에 대한 구체적 계획이 반에 선포되자 교실은 한 번 더 얼음장 같은 차가운 공기가 흘렀다. 그렇지만 지희를 비롯한 아이들은 선생님 편에 서고 또한 선생님에게 생존을 위한 신임을 얻어내야 했기에 억지로 밝은 표정을 지었다.

"앞으로 누가 돈을 걷어 줬으면 좋겠는데? 누구 할 사람 없어요? 자진해서 학급을 위해 봉사해 볼 사람 없나요?"

선생님 말이 떨어지기 무섭게 자영이가 손을 번쩍 들었다.

"선생님! 제가 해 보겠습니다!"

선생님의 얼굴이 자영이 쪽으로 향했다. 자영이의 눈은 이글이글 타오르고 있었다.

"여러분! 제가 이야기한 대로 이제 이 법은 학급에 구체적으로 시행될 거예요. 그리고 욕을 하다가 스스로 양심의 가책을 느끼거나 욕을 한 친구를 발견했을 때 자영이를 찾아가 망설임 없이 신고하면 되는 거예요. 앞으로 여러분은 서로를 잘 감시하며 누가 욕설을 잘 사용하는지 발견해서 신고하면 되는 겁니다. 그로 인해 우리 학급은 올바른 언어 습관을 가질 수 있을 거예요."

선생님의 의도는 분명히 건설적이었다. 그렇지만 서로를 향한 '신고'라는 그 말을 들었을 때 나는 앞으로 우리가 만들어 갈 학급이 결코 인간의 온정이나 넉넉함 같은 걸 느낄 수 없겠다고 직감했다. 순옥이는 선생님의 그 말 이후로 더욱 겁에 질려 있었다. 그렇지만 그다음 선생님 말은 아예 순옥이 어깨를 들썩이며 흐느끼게 만들었다.

"순옥이는 쉬는 시간에 자영이에게 꼭 벌금 내도록 해요. 만약 오늘 돈이 없으면 부모님께 이 사실을 꼭 말씀드리고 내일 자영이에게 주면 좋겠어요."

이제 돌아보며 생각하건대 선생이었던 그녀는 끔찍하도록 지능이 높았으리라 생각한다. 물리적인 폭력을 사용하지 않고도 우리를 거뜬하게 자기 발아래 제압할 방법을 그녀는 알고 있었다. 그 사실이 시간이 지난 지금도 소름이 끼친다. 결국 순옥이는 울먹이며 백 원짜리 동전 두 개를 자영이에게 줬고 자영이는 선생님이 준 장부에다 그걸 정갈하게 기록했다. 그날 나는 상희와 집으로 돌아오면서 학교에서 있었던 일을 나누었다.

"상희야! 넌 욕 잘해?"

"가끔 하는데 이젠 하지 말아야지! 넌?"

"난 욕하는 걸 종종 즐겨! 근데 나도 이제 하지 말아야 해! 200원이면 너무 큰돈이야!"

"앞으로 학교 다니는 게 살얼음 걷는 기분일 것 같아! 욕하다 걸리면 200원을 내야 하니까!"

그렇게 우리는 경직된 학교생활을 시작했다. 아이들은 서로의 속마음을 숨기며 한동안 표면적인 이야기만을 이어갔다. 몸에 맞지 않는 옷을 입었을 때처럼 답답한 불편함이 학급에 그득해졌다. 아마도 선생님 눈에는 그녀가 그토록 원하던 민주적인 사회가 정착하는 듯 보였으리라. 그리고 우리 스스로도 어른에 가까운 제 역할을 하며 만족할지도 모른다고 그녀는 착각했으리라. 그렇지만 그 속에서도 아이들은 각자의 살 궁리를 모색했다. 높은 위치에 있는 아이들은 높은 위치의 모습대로 선생님 편에 서는 방법을 찾았으며 낮은 위치에 있는 아이들은 굴종이라는 방법으로 살 방법을 모색했다. 이는 본능과도 같았고 13살 어린이였지만 숨이 붙은 우리에게도 정말 중요한 일이었다.

두 번째로 그녀가 학급을 건설해 나가면서 했던 일은 그녀의 정치적 성향을 아이들에게 주입하는 것이었다. 당시 초등학생이던 우리들이 부르던 노래는 대중가요였다. TV 음악 프로그램에 나오는 인기 많은 가수의 노래를 가장 비슷하게 따라 하는 게 삶의 큰 즐거움 중 하나였다. 그런데 그녀는 우리가 알지도 들어보지도 못한 노래를 가르치기 시작했다. 바로 민중가요였다. 제법 글씨체가 예쁜 아이들을 뽑아 칠판에 민중가요 가사를 적어 우리가 외우고 부르게 했다. 그 노래는 대부분 현재 세상을 향한 도전적인 내용이었으며 비판적이면서도 침

울했다. 13살의 아이가 부르기에는 노래가 너무 무거웠다. 그렇지만 그녀는 우리의 그런 마음을 아는지 모르는지 자주 반복해서 그 노래들을 가르쳤고 부르게 했다. 그리고 그 노래를 하루 일과가 끝나면 남녀 가릴 것 없이 어깨동무를 하며 그 노래를 부르게 했다. 우리는 그렇게 무엇인지도 모른 채 깨어 있는 청소년이 되는 과정이라 여기며 그녀가 건설한 세상 속으로 서서히 진입하고 있었다. 하지만 너무 재미있었던 것은 그녀는 20대 후반의 젊은 선생이었음에도 아름답고 예쁘고 부한 것을 좋아했다. 모든 인류가 본능적으로 그런 것을 사랑하듯 미성숙했던 20대 후반의 그녀도 그런 것을 더 사랑했고 그녀의 관심사에 나와 상희는 끼지 못했다. 그렇지만 어느 날, 그녀는 민주적 사회의 실현이라는 신념을 위해 4교시가 끝나고 도시락을 먹는 시간에 한 가지 약속에 대해 이야기하기 시작했다.

"저는 여러분 모두와 친하게 지내고 싶어요! 한 사람도 빠짐없이 말이에요! 그래서 제가 생각한 건데 앞으로 시간을 두고 여러분과 도시락을 같이 먹어 볼 생각이에요!"

그 이야기를 들은 지희가 화답했다.

"선생님! 정말이세요? 저희는 환영이에요!"

학기 시작 후 얼마의 시간이 지났을 때였으니 이미 선생님에게 긍정적 태도로 각인된 아이들은 환영의 태도를 보일 수 있었다. 하지만 우리 스스로 인식한 반에서의 중하위 계급 아이들은 그 말이 그렇게 반갑지 않았을 수도 있었다. 확실한 것은 매일 볶음김치나 단무지 혹은 간혹 준비된 계란말이로 밥을 먹는 나와 상희는 선생님의 말씀이 부담스럽기 그지없었다.

3

"선생님! 우리 엄마가 만든 동그랑땡이에요! 선생님하고 오늘 도시락 같이 먹는다고 했더니 엄마가 만들어 주셨어요!"

해맑게 웃는 지희의 얼굴이었다. 그 아이 젓가락에 들려 있는 그것을 선생님은 입으로 받아먹었다. 그리고는 밝게 웃었다.

"너무 맛있다. 엄마가 솜씨가 정말 좋으시네! 지희랑 앞으로 자주 도시락 먹어야겠다."

나는 밥알을 씹으며 그 모습을 물끄러미 바라보았다. 지희 무리의 책상에 있는 반찬을 보니 산해진미 같았다. 아마도 선생님의 언질을 들은 아이들이 엄마에게 이야기해서 준비한 듯했다. 상희도 그 책상을 바라보다가 내가 싸 온 단무지를 입에 우겨 넣었다. 지희와 함께 도시락 먹는 사람은 여러 명이었다. 어머니가 비싼 옷가게를 하는 중원이도 있었고 아버지가 군청에서 일하는 요한이도 있었다. 그리고 그 중에는 자영이도 끼어 있었다. 식사가 다 끝난 후, 나와 상희는 운동장을 배회하며 말을 주고받았다.

"며칠 후에 선생님이 우리랑도 밥을 같이 먹겠지?"

내가 물었다.

"그렇겠지… 근데 우리랑 식사하시면 좀 불편하지 않을까?"

"맞아… 우리는 반찬이 세 가지밖에 없으니까! 단무지랑 너의 맛있는 배추김치랑 내 볶음김치! 이 세 가지뿐인데 선생님이 우리랑 먹으려나 모르겠다."

"아니야! 선생님은 우리와 다 같이 친해지고 싶다고 하셨으니까 별 불편함은 없을 거야!"

난 가볍게나마 학기 초부터 선생님에게 부정적인 감정을 느꼈지만 상희는 아닌 듯했다. 상희는 보이는 선생님 모습에서 지금껏 자기를 대한 그동안의 선생님과는 다를 거라는 확신 같은 게 있는 것 같았다. 상희 눈에 보인 모습 때문에 말이다. 하지만 나는 선생님이 학급을 세

워갈수록 그녀를 점점 더 자세하게 알아갈 수 있었다. 사람이 마음으로 추구하는 것과 머리로 추구하는 게 다를 수 있듯 그녀 또한 달랐다. 선생님은 도시락을 먹는 여러 무리와 번갈아 식사했다. 하지만 그 모습을 유심히 지켜봤을 때 여느 집 어린 말괄량이 숙녀 모습이 밥상 앞에서 그대로 드러났다. 중산층 이하의 아이는 본 적도 없는 맛있는 반찬 앞에서 이성을 잃기 마련이었다. 무질서한 그 밥상은 맛있는 소시지 반찬을 서로 차지하려는 전쟁터나 다름없었다. 그런데 스스로 지극히 질서 있고 이성적이고 반듯한 사람이라 생각하는 선생님이 그런 아이들과 밥을 먹는 것은 여간 곤욕이 아니었으리라. 서로를 어깨로 밀며 완력을 사용해 밥을 먹는 아이들 앞에서 선생님이 소리쳤다.

"얌전히 좀 먹어!"

나는 그때 알았다. 밥 앞에서는 아무리 스스로 이성적이라 믿는 사람도 감정적이 된다는 사실을 말이다. 스스로 지극히 이성적이라 믿는 선생님이 내 눈앞에서 감정적인 모습을 처음으로 내비쳤다. 밥을 같이 먹는 무리 사이로 한 곳 한 곳 머물며 밥을 먹던 선생님은 며칠의 시간이 흐른 뒤, 나와 상희가 있는 책상으로 도시락을 들고 왔다. 애써 웃는 그녀는 어색함을 힘주어 감추는 듯했다. 나도 그날 집안 어른들에게 이야기해서 계란말이를 정성껏 준비했고 상희는 보리건빵 아닌 밥과 내 입맛에 딱 맞는 배추김치를 준비해 왔다. 책상에 놓인 우리의 도시락과 선생님의 도시락은 확연히 달랐다. 흡사 비유하자면 우리 도시락은 북녘 땅 동포들의 도시락 같았고 선생님 도시락은 남한의 도시락 같았다. 어울리지 않는 조합이 상희의 책상에서 어우러져 있었다. 선생님이 우리를 둘러본 후, 용기 내서 먼저 도시락 뚜껑을 열었다. 선생님의 반찬을 보고 상희와 나 둘 다 놀랐다. 그 안에는 비엔나소시지도 있었고 장조림도 있었다. 그리고 약간의 오이김치도 있었다. 다음엔 나와 상희의 반찬 뚜껑이 열렸다. 분명 아쉬워하는 선생님 표정이었다. 평소 우리의 행색을 보며 대충 우리 사정을 짐작했겠지만 선생님의 언어대로 우리의 삶 속 문을 열고 친히 찾아오고 들어오려 했던 선생님의 이상과는 분명 다른 표정이었다. 식사는 곧 시작되었고 식사에 열의를 띤 사람은 나와 상희뿐이었다. 선생님은 왠지 모르게 조심스러워하시며 나와 상희 반찬엔 입도 대지 않았다. 그녀의 값진 반찬마저 우리에게 다 빼앗기고 밥을 상당히 남긴 채 식사를 마쳤다. 그렇게 그녀는 그녀의 이상처럼 우리 세계로 들어오려 했지만 이상은 이상일 뿐 결국 우리 안으로 들어올 수 없었다.

"선생님 반찬 정말 맛있더라! 소시지를 정말 오랜만에 먹어 봤어!"

선생님의 반찬이 마음에 들었는지 기쁨이 가득한 마음으로 상희는 말했다. 그렇지만 그녀가 그날 식사를 통해 결국 우리의 세상 속으로 들어올 수 없었음을 상희도 알았는지 기뻐하는 말투에서 거절이 묻어나는 슬픔이 엿보였다. 나도 선생님 반찬이 맛있긴 했지만 마음속에서는 그 소시지 맛이 퍽이나 씁쓸했다. 상희의 마음속에 있던 거절감이 동일하게 내 마음속에서도 요동쳤기 때문이었다. 그렇다고 우리가 그 거절감 앞에서 분노하거나 역정을 낼 처지도 아니었다. 그렇게 우리의 어렸던 나이와 수준만큼 그 거절감을 담담히 받아들이는 수밖에는…. 그렇게 반 아이들 모두와 번갈아 가며 점심 식사를 모두 마친 선생님은 다시는 나와 상희 그리고 중산층 이하의 아이들과 식사하지 않았다. 지희와 중원이, 자영이하고만 식사했다. 그리고 그에 대해 우리는 불만이나 억울한 감정도 갖지 않았다. 선생님의 결정이 그런 거라면 그런 거라 생각했고 어쩌면 선생님과의 자리가 불편했으니 차라리 잘됐다 여겼다. 선생님의 식사 자리에 차려진 반찬은 늘 으뜸이었다. 볼품없게 마구 퍼 담은 내 반찬과 달랐다. 정갈한 하나하나의 반찬이 질서 있게 담겨 있었다. 가장 맛있어 보이고 예쁜 반찬은 중원이 반찬이었다. 어머니가 당시 읍내에서 비싼 옷가게를 했던 중원이는 나와 상희에게 늘 부러움과 동경의 대상이었다. 그러나 우리가 학기 초부터 중원이를 좋아했던 이유는 따로 있었다. 공부도 운동도 잘했지만 무엇보다도 중원이는 나와 상희를 진심으로 대해 주었다. 공부를 못한다고 무시하지도 않았고 행색이 초라하다고 거리를 두지도 않았다. 그러한 중원이의 태도는 반 아이 모두에게 향해 있었다. 모두에게 스스럼없이 다가가 품어 주었고 마음속에 있는 따뜻함을 나누어 주었다. 그런 중원이는 모두에게 공평했다. 그리고 그 공평은 선생님도 마찬가지였다. 유일하게 중원이만 선생님을 두려워하지 않았다. 그녀가 의도했든 안 했든 그녀가 자신만의 왕국을 학급에 건설하기 시작했을 때 빨아들이지 못한 유일한 아이가 중원이었다. 선생님도 중원이를 어려워함이 분명했다. 아이였지만 어른 같고 동갑이었지만 형 같았다. 선생님과 식사 자리를 같이하는 다른 아이들은 생존하려 선생님 세계로 굴종하는 거였지만 중원이는 아니었다. 학기가 시작되고 얼마의 시간이 흘러 중원이도 선생님이 그랬던 것처럼 반 아이들 모두와 친해지기 위해 도시락을 이곳저곳에서 먹었다. 무질서한 아이들과 밥을 먹을 적에는 같이 무질서했고 가난한 아이들과 밥을 먹을 적에는 같이 가난해지며 자신의 좋은 반찬들을 나누었다. 상희와 내가 잘 안 열리던 반찬 뚜껑을 조심스레 열던 날 중원이는 고맙게 우리에게도 와 주었다.

"오늘은 너희랑 밥을 같이 먹고 싶은데 그래도 될까?"

우리는 고개를 끄덕였고 중원이가 우리에게 와 준 것이 고마웠다. 우리도 마치 중원이처럼 그럴듯한 가정에 속한 그럴듯한 아이가 된 것 같은 근사한 생각이 들었다.

"김치가 정말 맛있다! 이거 누구네 김치야?"

중원이가 토끼 눈을 뜨며 물었다. 어울리지 않게 개걸스럽게 김치를 씹고 있었다.

"이거 상희네 김치야! 진짜 맛있지?"

상희는 중원이가 김치를 맛있게 먹자 부끄러운 듯 웃었다. 중원이
의 반찬은 메추리알과 스모크햄 그리고 오이무침이었다. 상희가 용기
내서 중원이의 반찬을 먹지 못하자 중원이가 말했다.

"내 것도 먹어 봐! 우리 엄마가 반찬 솜씨가 영 없으셔서 맛있는지는
모르겠다."

상희는 망설이다가 포크 달린 숟가락으로 메추리알을 찍어 입으로
넣었다. 그리고는 크게 밥 한 숟가락 떠서 입에 넣었다. 식탁이 참 밝
고 빛났다. 따뜻한 사람이 다가오자 식사가 따뜻하게 빛났다.

"김치는 누가 만든 거야? 너희 엄마가 만든 거니?"

나와 상희는 중원이의 질문에 서로 눈치만 봤다.

"나 있잖아! 엄마가 없어! 할아버지랑 살아! 그 김치 우리 할아버지가
만든 거야!"

중원이는 질문이 미안했는지 애꿎은 김치만 입안에 구겨 넣었다.
우리는 중원이 반찬 덕에 더욱 풍성한 식사를 할 수 있었다. 식사를 마

치고 나와 상희 그리고 중원이는 같이 스탠드를 걸었다. 중원이는 상희의 가정 형편을 듣고 우리를 위로하려는 듯 자기 가정의 단점을 이 것저것 이야기했다. 아빠와 엄마가 자주 다툰다거나 아빠가 자신보다 공부를 더 잘하는 누나만 좋아한다거나 엄마의 옷가게가 장사가 잘 안 된다는 것들을 이야기했다. 중원이의 위로 속에서 우리는 마음이 정말 따뜻해졌다. 우리도 마치 중산층 가정의 아이들이 된 기분이 다시 한 번 강하게 들었다. 그렇게 우리는 학기가 시작된 얼마의 시간이 흐른 후, 좋은 아이의 원 안으로 들어갈 수 있었다.

그날 상희와 집으로 돌아오면서 처음 서로의 가정에 대한 이야기를 했다. 상희는 할아버지와 함께 살고 있으며 누나가 한 명 있고 엄마는 어렸을 적에 자기를 버리고 떠나서 얼굴이 기억나지 않는다고 했다. 상희의 삶은 어찌 보면 슬픔으로 점철되어 있었지만 슬픔은 저 깊은 곳에 묻어 둔 채 덤덤하게 그 말들을 하나씩 꺼냈다. 나 또한 나의 가정 환경을 말했다. 아빠는 일찍 돌아가시고 엄마는 가정 경제를 위해 먼 곳에서 일자리를 얻어 생활하시며 나와 한 명뿐인 누나는 외할머니 집에서 같이 산다고 말했다. 상희는 엄마의 얼굴을 본 지가 정말 오래됐지만 나는 그래도 가끔은 엄마의 얼굴을 볼 수 있었고 가끔이나마 엄마의 사랑을 마음에 담을 수 있다고 상희에게 이야기했다. 우리는 돌아오면서 서로의 가정에 대한 궁금증이 점점 더 커졌다. 나는 상희에게 언제든 좋으니 우리 집에 놀러 와도 좋다고 말했다. 좋은 반찬은 아니어도 짜장면을 먹을 수 있을지도 모른다고 했고 상희가 좋아하는 계란말이를 바로 해서 먹을 수 있다고도 말했다. 그렇게 상희는 우리 집에 언젠가 놀러 올 것을 약속했다. 나 또한 상희네 집이 궁금했다. 식사는 어떻게 해결하며 상희네 집은 뭘로 경제 활동을 하는지도 궁금했다. 가족은 누가 있는지도 궁금했고 상희가 무엇을 하며 여유 시간을 보내는지도 궁금했다. 그렇지만 내가 상희네 놀러 간다고 말을 넌지시 꺼냈을 때 상희는 매우 낯설어 했다. 무언가를 숨기고 싶은 듯 가리려는 것도 같았다. 물론 상희의 그런 태도가 나를 기분 나쁘게 한 건 아니었다. 나는 이미 상희가 나한테 드러낸 정보만으로도 상희가 충분히 뭘 숨기려 하는지 짐작할 수 있었다. 며칠이 지나 상희는 학교 수업이 끝난 뒤, 우리 집에 놀러 왔다. 말은 우리 집이라 했지만 외할아버지와 외할머니가 우리 집 가장이셨고 정확히 말해 나는 그분들 집에서 양육받으며 지내는 거였다. 우리 집도 누굴 초대해서 호의를 베풀 만큼의 넉넉한 집은 아니었다. 외할아버지는 한량이었으며 가정의 경제 활동은 오로지 외할머니만 했다. 그리고 간혹 어머니가 보내주는 돈으로 우리 집도 그런대로 굴러가는 형국이었다. 나는 외할머니가 친구를 초대한 기념으로 짜장면을 시켜 주실 줄 알았지만 그 시기에 우리 형편이 넉넉하지 않았는지 집에 있는 반찬들로 김치볶음밥을 해 주셨다. 그날 외할머니는 상희에게 부모님은 뭘 하시며 형제가 어떻게 되는지 물으셨다. 내가 이전에 상희와의 대화에서 얻지 못한 정보들을 얻을 수 있었다. 상희는 어찌 보면 부끄러워할 수도 있는 정보들을 망설임 없이 우리 외할머니에게 털어놓았다. 돌봐주는 어른은 할아버지 한 분이며 누나가 있다고 했다. 그리고 나에게 이야기했던

대로 상희가 세 살 때 상희를 버리고 엄마는 도망갔노라고 여유롭게 밥을 씹으며 대답했다. 이제는 그러한 대답이 아무런 고통이 아닌 듯 말이다. 나는 상희에게 그날 나의 비밀 장소를 알려 주었다. 그곳은 우리 집에 소 한 마리를 키우던 외양간을 창고로 고친 곳이었다. 나는 우리 집에서 따로 나만의 방이 없었기에 그곳을 나만의 공간으로 활용했다. 언제고 상상하고 싶고 공상하고 싶으면 그곳에 들어가 꿈꾸곤 했다. 나는 상희를 내 아지트로 초대했다. 그날 그곳은 봄의 온기가 가득해서인지 더웠던 것으로 기억한다.

"넌 좋겠다."

상희가 말했다.

"왜?"

내가 물었다.

"넌 외할머니도 있고 이런 맛있는 김치볶음밥을 가스레인지에 언제든지 해 먹을 수 있으니까 말이야! 그리고 너 중학생 누나도 있다면서?"

"있지!"

"넌 할아버지랑 또 누구랑 살아?"

"나도 누나가 있어!"

상희는 자신도 누나가 있다고 말하면서 무언가를 또한 나에게 숨기고 싶어 하는 것 같았다. 나는 더 이상 상희에게 묻지 않았고 내 삶을 부러워하는 상희를 보며 의아하게 생각했다. 나는 창고 방 안을 보이면서 이곳이 나의 비밀 장소이자 추억의 장소라고 말했다.

"나는 아빠가 간암으로 돌아가시기 전까지 엄마랑 아빠랑 누나랑 같이 살았어! 근데 아빠가 돌아가시고 그때 아빠 집에 있던 책들이랑 물건들을 이 외양간에 보관해 놨거든! 근데 가끔 그때가 그리워지면 이곳으로 와서 추억하곤 해! 내가 행복했던 기억은 아빠가 돌아가시기 전까지거든….."

나는 외양간에서 숨을 크게 한 번 들이쉬었다. 행복했던 기억의 향기가 마음으로 들어오는 것 같았다.

"저번에도 말했지만 나는 엄마 얼굴을 몰라! 얼굴도 모르니 목소리도 모르지! 그래서 미움도 없어! 나를 사랑해 주다가 떠났으면 미울 텐데 곰곰이 생각해 보면 3살의 기억은 나한테 없으니까! 그래서 밉지도 않아! 하지만 엄마가 있는 아이들이 부럽긴 해! 학교 끝나고 집에 돌아가면 집에 엄마가 있는 느낌이 뭔지 알고 싶어!"

상희를 보며 내가 슬펐던 이유는 너무 슬픈 이야기를 남 이야기하듯 한다는 거였다. 얼마나 많은 슬픔이 그 아이 안에 스며 있기에 슬픔이 슬픔답게 표현되지도 못했을까? 우리는 그곳에서 서로의 마음을 열고 한 명은 행복했던 기억을, 한 명은 슬픈 기억을 나누었다. 그 외양간에서 우리는 조금 더 동지 의식을 함양하고 의지하는 마음을 가질 수 있었다. 그런 상희에게 보여 주고 싶은 게 있었다. 바로 내 보물, 돼지저금통이었다. 외양간 구석에 있는 책들을 치우고 제법 동전이 채워진 저금통을 힘겹게 옮겨 상희에게 보여 줬다. 참 못생기고 덩치만 큰 돼지저금통은 복(福)이라는 한문이 황금색 페인트로 제멋대로 새겨져 있었다.

"난 엄마가 보고 싶을 적마다 이 저금통을 만져 보곤 해!"

"왜?"

"엄마가 없으니까 마음이 허하잖아? 그럴 땐 가득 채워진 동전을 보면서 나도 부자라고 생각하면 마음이 조금 좋아져! 지금의 행복을 미래에 저장하는 거지!"

"그렇구나!"

"이게 내 보물 1호야! 많이 모아서 뭐 할지 상상하는 것만으로도 너무 즐거워!"

"그래도 엄마랑 사는 게 가장 좋지 않을까?"

"그야 그렇지! 그렇지만 지금은 어쩔 수 없잖아! 너도 그렇고 나도…."

그 말에 우리는 서로 침묵했다. 나는 그곳에서 상희를 데리고 나와 나만의 보물섬으로 안내했다. 바로 '고물상'이었다. 나는 마을에서 종종 책을 읽고 싶은 날이면 고물상으로 향하곤 했다. 고물상 주인아주머니는 아무런 조건 없이 내가 거기서 시간 보내는 걸 허락해 줬다. 때로는 그곳에 버려진 책들을 보며 호기심을 달래곤 했다. 버려진 책이라 시간이 오래 지난 책이 많았고 철 지난 잡지를 보며 나름 흡족해했다. 우리는 봄 햇살이 떨어지는 파지 언덕에 기대고 앉아 버려진 책들을 보았다. 눈부신 햇살 속에 나른하게 기댄 파지 언덕은 침대 같은 안락함을 선사했다. 이야기가 이어지지 않는 만화책을 보거나 어른들이 즐겨보는 소설을 보기도 했다. 그러다가 상희는 도색잡지 하나를 발견하고는 나에게로 가져왔다. 제목은 '허슬러'였고 우리는 호기심으로 책장을 넘겼다. 외국 여성들의 튼실한 몸이 적나라하게 드러나는 걸 보며 나와 상희는 꽤나 만족했다. 주위에 우리를 방해할 어른은 없었고 지저귀는 새소리와 풀벌레 소리만이 우리 귀에 맴돌았다. 한 장 한 장 책장을 넘길수록 수위는 좀 더 대담해져 갔다.

"젖탱이가 무지 크다! 수박 같지 않냐?"

상희가 말했다. 나는 상희의 그 말에 허리를 젖히며 웃어 댔다. 우리가 나체 사진을 보며 들었던 생각은 그 모습이 할머니가 시장 정육점에서 사 오신 고기와도 꽤나 닮았다고 생각해서다. 그 모습이 너무 웃겨 깔깔거리며 웃기까지 했으니 말이다. 그렇게 그날 우리는 따사로운 봄 햇살을 맞으며 누가 준 적도 없는 평안을 파지 더미에서 누리고 또 누렸다.

#4

학기가 시작되고 시간이 어느 정도 흘러 학급은 톱니바퀴가 구르듯 굴러갔다. 아이들은 벌금으로 인해 마음에 있는 감정적 표현도 원하는 대로 하지 못했다. 그 감정을 표현하려면 욕이라는 게 필수로 나와 줘야 하는데 도통 그럴 수 없으니 다들 경직된 생활을 할 수밖에 없었다. 간혹 그래도 욕을 사용하는 아이들 때문에 학급의 벌금은 느리지만 조금씩 쌓여 갔다. 선생은 수업 시간에 언제고 전임 대통령들 비난을 많이 하곤 했다. 우리 세대의 어른들은 그 대통령은 좋은 대통령이라며 칭찬하기 바빴는데 그 대통령을 욕하는 어른은 그녀가 처음이었다. 학급에 구비해야 할 도서에도 그녀는 전 대통령 비방하는 내용의 창작 동화들을 많이 가져다 놓았다. 우리는 그렇게 여과 없이 전 대통령은 나쁜 사람들이라며 학습해 갔다. 그녀가 수업 시간에 활자를 읽게 할 적에는 상당히 독특한 방법으로 읽게 했던 기억이 난다.

"앞으로 한 명이 일어나서 소리 내어 책을 읽다가 발음이 틀리거나 똑
바로 읽지 못하면 다른 사람이 재빠르게 그 부분부터 읽는 거예요! 그
러면 수업 시간에 좀 더 집중해서 책을 읽을 수 있을 겁니다."

수업 시간에 집중력을 줄지는 몰라도 그러한 학습 방법은 우리를
모두 경쟁자로 만들었다. 선생이 우리에게 펼쳐 보인 그녀의 세상에
서 살아남는 방법은 그녀 편이 되는 수밖에 없었다. 그녀의 편이 된다
는 것은 그녀의 방법에 순응하고 순종해야 편하게 학급에서의 생활을
영위해 나갈 수 있음을 뜻했다.

진영이는 엄마가 무당인 여자아이였다. 아빠는 없었고 집안 형편은
여느 다른 아이와 다르지 않았다. 늘 제사음식을 도시락 반찬으로 자
주 가져오곤 했고 어떤 결핍 때문이었는지는 모르지만 들통날 거짓말
을 자주 했던 걸로 기억한다. 도시락 반찬만 봐도 엄마의 온전한 보살
핌을 받는 것처럼 보이지는 않았다. 진영이의 거짓말은 주로 소유와
관련된 게 많았다. 집에 가재도구라던가 살림이 엄청 좋았다고 말했
던 게 기억난다. 그리고 항상 아이들 앞에서 빛이 나고 싶어서였는지
거짓말을 자주 했다. 처음에는 그 아이의 거짓말에 지희 무리도 관심
을 가지기 시작했다. 그리고 진영이는 그 아이들과 어깨를 나란히 하
며 어울리는 게 만족스러워 보였다. 그렇지만 어느 순간 거짓말이 들

통나고 그 아이가 가진 것에 대한 실상이 하나둘 드러나면서 지희 무리에게 외면당하고 나아가서는 조롱거리로 전락하고 말았다. 지희의 아이들은 항상 진영이에게 조롱의 눈빛을 보냈으며 쌀쌀맞은 투로 진영이에게 말하곤 했다. 물론 지희 무리가 절대 욕을 사용하는 법은 없었다. 욕을 사용해 동전 두 개를 헌납하는 일이야 차치하더라도 힘겨운 굴복으로 얻어낸 선생님 세계로의 정착을 거부하는 거나 다름없기에 지희 무리도 나름 무던히 애를 썼다. 그들도 본능적으로 알았다. 선생님이 만든 그녀의 세계에서 눈 밖에 난다는 것은 정말 절망적인 일임을 말이다. 그리고 진영이가 잘하는 거짓말 때문에 진영이는 선생님이 만든 세계에서 가장 먼저 버림받는 아이가 되고 말았다.

선생님은 숙제를 자주 내주었다. 숙제 양이 많지는 않았지만 놀고 싶은 우리에게 숙제란 건 언제나 귀찮고 번거로웠다. 그래서 때로는 그 귀찮은 마음을 이기지 못해 숙제를 안 해 가면 상응하는 벌로 반 청소를 한다거나 쉬는 날 반 환경 미화에 호출되곤 했다. 진영이는 정확히 숙제를 해 오지 않았다. 하지만 그에 상응하는 벌이 부담스러웠는지 선생님에게 급기야 거짓말을 했다. 숙제 검사 시간이었다.

"선생님! 저는요 숙제를 했지만 가져오지 않았어요!"

진영이는 귀염 어린 목소리로 말했다.

"진영이가 숙제를 했는데 가져오지 않았다는 걸 어떻게 믿을 수 있지?"

"내일 가져와서 보여 드릴게요."

"그렇다면 나는 너에게 다른 친구들과 형평성에 맞지 않게 하루라는 시간을 더 부여한다는 생각이 드는구나! 네가 만약에 오늘 가서 그 숙제를 해 온다면 정말 불공평하겠지?"

선생님의 목소리에서 점점 더 준엄함이 느껴지기 시작했고 그 준엄함만큼 반 분위기가 딱딱해져 갔다.

"선생님! 저는 정말 숙제했어요!"

그 말을 들은 선생님의 얼굴이 굳어지기 시작했다. 그 침묵은 꽤나 오랜 시간 이어졌고 반 공기도 스산해졌다. 이내 선생님이 다시 입을 열었다.

"좋아! 그러면 진영이에게 선생님이 기회를 주도록 할게! 지금 조퇴증 써 줄 테니까 집에 가서 숙제를 가져와. 엄마한테도 전화해 놓을 테니 1시간 안에 돌아와야 한다. 그러면 내가 너에게 한껏 아량을 베푼 것 같구나! 어때?"

선생님 말에 진영이의 얼굴이 창백해지기 시작했다. 물론 선생님의 얼굴도 굳어졌다. 선생님은 진영이에게 진실을 원하는 것 같았다. 교실 안에 오랜 시간 침묵이 흘렀다.

"숙제 했어? 안 했어?"

존댓말을 사용하던 선생님이 갑자기 존댓말을 사용하지 않았다. 선생님의 질문에 진영이는 고개를 숙였다.

"숙제 했어? 안 했어?"

선생님의 질문에 진영이는 더욱더 고개를 숙였다. 머리카락이 흘러내려 그 아이의 얼굴을 가릴 지경이었다.

"숙제 했어? 안 했어?"

선생님이 질문 한 음절 한 음절을 힘 있게 꾹 눌러 말했다. 그럼에도 진영이는 여전히 대답하지 않은 채 고개만 숙이고 있었다. 반에는 계속 침묵이 가득했다.

"내 말 안 들려? 했어? 안 했어?"

살기 어린 선생님의 분노의 외침이었다. 그리고 그런 선생님의 모습을 우리는 처음 봤다.

"넌 거짓말을 했어! 나와 우리 모두에게! 13살의 학생이 양심을 속이고 모두가 보는 데서 거짓말을 한 거야! 너희 부모님이 너 이러는 거 아시니? 왜 거짓말을 한 거니? 내가 모를 줄 알았어? 누군가를 속이는 건 정말 나쁜 거야! 더욱이 선생님인 나를 속이는 건 말이야! 너 그렇게 살면 커서 뭐가 될 거 같니? 사람 역할이나 하며 살 거라 생각하니?"

그녀는 진영이에게서 고개를 돌려 시선을 반 아이 모두에게로 향하며 말을 이어 갔다.

"여러분! 진영이를 잘 보세요! 진영이는 정직하지 못할 뿐 아니라 거짓말을 선생님에게 아무렇지 않게 했어요! 여러분은 절대 저러면 안 됩니다. 저건 인간으로서 결코 바람직하지 않은 모습이에요!"

수치를 당하는 건 진영이었는데 모두가 보는 데서 발가벗김 당하는 게 꼭 내가 당하는 기분이었다. 나는 그날 알았다. 인격자 같은 선생님이고 싶은 건 선생님의 이상일 뿐 아직도 미성숙한 청년이라는 걸 말이다. 언제고 자신의 지위를 이용해 어린이 하나쯤은 조롱거리로 만들 수 있다는 걸 말이다. 그건 물리적인 폭력보다 훨씬 잔인했다. 살인과도 같이 말이다. 그리고 그녀가 그걸 어떻게 사용해야 잘 사용할 수 있음을 내가 알게 된 것은 시간이 좀 더 지나서였다. 앞으로 아이들은 진영이 같은 꼴을 당하지 않으려고 할 수 있는 방법이란 선생님 밑으로 들어가 굴종을 택하는 것이었다. 선생님이 진영이에게 했던 행동은 훈육이 아닌 정서적 학대였다. 스스로 잘못을 뉘우치고 바른길을 가게 만드는 게 아니라 자신을 속인 진영이에게 일종의 감정적 앙갚음을 위해 선택한 정서적 학대 말이다. 그날 그것의 공포를 아이들은 보았다. 여차하면 나도 선생님 심기를 건드렸을 때 저런 꼴을 당하지 않으려면 '알아서 잘해야겠구나!'라는 계산이 아이들 마음속에 서기 시작했다. 하지만 나는 아이들과 달랐다. 13살 사춘기의 나는 그런 선생님의 어른답지 못한 모습에 분노가 치밀었고 어떠한 모습으로든지 앙갚음을 하고 싶다는 생각이 싹텄다. 선생님과의 관계가 안정과 평화의 관계가 아닌 대립의 날을 세우고 싶다고 생각한 때는 바로 그 사건이 발단이었다. 그리고 얼마 지나지 않아 선생님에게 악랄한 어린이로 낙인찍히는 사건이 교실에서 일어나고 말았다.

5

당시 내 또래 아이들의 성교육은 음성적인 경우가 많았다. 우리 세대를 되짚어 보자면 어른들도 무지했고 우리도 무지했다. 어른들의 성교육은 가리고 숨기는 게 능사라 생각했고 우리의 성교육은 어른들이 가리고 숨기는 걸 몰래 훔쳐보는 게 방법이라 생각했다. 나는 늦은 나이까지 여자들의 생리 현상을 몰랐다. 단지 여성이 생리대를 사용할 적에 그냥 여성의 전용 휴지 정도로만 생각했다. 그날도 나는 쉬는 시간에 교실 안 이곳저곳을 돌고 있었다. 그날이 유독 지루하기도 했고 감정과 마음을 한참 표현하고 싶은 나이에 선생님이 학급을 이끌어 나가는 방법이 말했다시피 매우 경직된 방법이었던 터라 그런 쉬는 시간에도 굳은 마음으로 지루하게 교실을 배회할 수밖에 없었다. 그러다가 나는 교실 나무 바닥에 떨어져 있는 여성 전용 휴지를 발견했다. 분홍색이었고 얇은 종이 포장지로 투명하게 싸여 있었다. 나는 그걸 집어 들고 손을 하늘로 뻗었다.

"이거 주인? 이거 누구 거야?"

그 순간, 반 모든 여자아이가 나를 보며 환멸의 눈빛을 보냈고 입과 귀를 대며 서로 소곤거리기 시작했다. 그리고 분노 어린 그 환멸의 눈빛은 선생님 자리에 있는 그 어른에게서도 느껴졌다. 선생님의 눈빛은 꽤나 매서웠고 그 눈빛을 본 나는 그 여성 전용 휴지 주인이 선생님임을 알아차렸다. 그 일이 있은 뒤, 나를 대하는 선생님 태도가 달라지기 시작했다. 나를 향한 지적과 신경질적인 태도가 늘어만 갔다. 물론 그런 태도가 일상생활에서 겉으로 드러나지는 않았다. 철저히 수업 시간에만 표현됐고 아이들이 많이 보는 시간에 유독 그런 표현이 드러나 진영이가 걸어갔던 고난의 길이 나에게도 서서히 나타나고 있었다. 진영이는 그 뒤로 어느 곳에서도 소속감이 없었다. 밥은 물론 같이 먹지만 자기 반찬만 먹었고 다른 아이들 반찬은 용기 내어 먹질 못했다. 수업 시간 발표나 책을 읽을 때도 늘 선택받지 못하기 일쑤였다. 하지만 우리는 선생님의 그런 모습을 지적할 수 없었다. 선생님은 수업이라는 정당한 도구를 통해 아이들을 다스리고 있었기 때문이었다. 나 또한 마찬가지였다. 수업 시간에 선생님이 내게 하는 지적은 장훈이는 '수업 시간을 흙탕물처럼 만드는 아이'라는 인식을 심어 주기에 충분했다. 선생님이 사용했던 방법은 공개 처형이라는 정서적 폭력과 고도의 심리적 무기로 같은 반 아이들과 격리하는 것이었다. 20대 후반 선생이 사용했던 그 방법은 생살을 찢는 듯한 고통을 아이들에게 안겨 줬다. 그렇지만 그녀의 심리적 압박이 조금씩 강도를 높여가도 나는 절대 굴하지 않기로 다짐했다. 13살 사춘기 소년의 반항심을 올바르면서도 정당하게 반항하는 모습으로 표출하려 했다.

시간이 흘러 늦봄 즈음 봄 소풍 시간이 다가왔다. 늦봄이라 했지만 사람들이 활동하면 제법 땀을 흘리곤 했으니까 아마도 초여름에 가까웠다고 말하는 것이 맞을지도 모르겠다. 장소는 인근 지역에 있는 낮은 동산이었다. 그날 나는 아침에 일어나서 뉴스부터 봤다. 비가 오는지 안 오는지부터 확인하려고 말이다. 당시만 해도 나와 상희 같은 아이들의 형편은 부모님과 가족여행을 할 수 있는 형편이 아니었기에 인근 교외로 가는 방법은 오로지 소풍이 전부였다. 그래서 우천 시 취소되는 상황이 싫어서 소풍날 아침은 TV 앞으로 달려가곤 했다. 소풍날 아침, 학교 운동장에 이르자 학교가 어수선했다. 학교 안으로 들어온 잡상인을 상대하느라 부모님께 받은 돈을 모두 탕진한 아이도 있었고 전날 부모님이 가방에 넣어 준 과자며 준비한 김밥을 아침부터 꺼내 먹는 아이들도 있었다. 나와 상희는 운동장에서 다른 아이들이 어린이의 노름인 뽑기로 돈을 탕진하는 모습을 구경하며 대리만족을 하고 있었다.

"너 돈 있어?"

내가 물었다.

"나? 오늘은 돈 있지! 300원! 할아버지가 특별히 소풍이라고 주셨어!"

300원이 우리에게 큰돈이긴 하지만 소풍날의 큰돈은 내 호주머니에 있던 천원쯤은 되어야 큰돈이라 할 수 있는데 그 돈을 큰돈이라 인식하는 상희에게 미안한 마음이 들었다.

소풍날 아침의 공기는 상쾌하고 뭔지 모르게 달랐다. 교실을 벗어나 어디론가 갈 수 있다는 설렘이 마음 안으로 찾아들었다. 나와 상희는 점심시간을 같이 보내기로 약속했다. 돗자리는 없었지만 상희가 할아버지에게서 챙겨온 신문지가 우리에게 좋은 깔개가 될 것이었다. 이내 다들 운동장에 대열을 맞추어 섰고 간단한 교장 선생님 훈화가 끝난 뒤, 학년별로 줄을 맞추어 각자의 소풍 장소로 이동했다.

해미는 참 예쁜 아이였다. 집도 부자고 사랑을 가득 받으며 살아온 모습이 항상 삶에서 드러났다. 점심시간에 도시락을 먹은 뒤, 양치할 줄도 알았다. 그런 해미를 보며 나오는 참 다른 삶을 살았겠다고 생각했다. 해미의 부모님은 사업가였다. 아빠와 엄마 각각 다른 사업을 운영했고 그만큼 해미의 가정은 유복했다. 그런 해미는 상희와 짝꿍이 됐을 때부터 세상이 무너지는 듯한 표정이었다. 그리고 소풍날마저도 상희와 짝 지어 걸어야만 했다.

"이제부터 소풍 장소에 도착할 때까지 말 한마디도 걸지 마!"

상희는 해미의 눈치를 보며 동산을 향해 걸어야만 했다. 상희 몸에서 나는 노린내 때문에 해미는 자주 인상을 썼고 이런 소풍날까지 상희와 함께 걷는 걸 천벌이라 여기며 걸었다. 우리 반 아이들은 더운 봄바람을 맞으며 도로를 걸었다. 길가에는 푸른색 풀이 피어 있었고 꽃들도 바람에 흔들거렸다. 나는 길을 걷다 목이 말라 가방에서 탄산음료를 꺼내 마셨다. 하지만 뒤에서 본 상희의 가방은 홀쭉했다. 아마도 밥 외에는 다른 게 들어있지 않은 것 같았다. 해미도 길을 걷다가 가방에서 오렌지 주스를 꺼내 마셨다. 상희는 그 음료가 부러웠던지 곁눈질로 해미를 바라보았다. 이윽고 같은 학년 아이들은 소풍 장소에 도착했다. 그곳은 알고 보니 군부대 인근의 예비군 훈련장 용도로 사용하는 동산 안 공터였다. 우리는 그곳에 마련된 스탠드에 앉아 선생님이 지도하는 레크리에이션이며 장기 자랑도 했다. 장기 자랑이라고 해 봐야 당시 TV에 나오던 댄스 가수 흉내를 냈던 게 전부였다. 그래도 우리는 그 모습마저도 아주 만족하며 봄 소풍의 오전 시간을 보냈다.

이윽고 점심시간이 되자 아이들은 삼삼오오 짝을 지어 돗자리를 펴고 식사를 했다. 나도 상희와 함께 외진 곳을 찾아 바닥에 신문지를 깔았다. 너무 귀찮은 나머지 신문지를 넓게 펴기보다 좁게 접어 엉덩이를 붙이고 앉을 정도만 신문지를 깔았다. 나는 먼저 배고픈 마음에 도시락을 급히 열었다. 외할머니가 싸 주신 김밥이 먹음직스럽게 보였다. 물론 햄이 가격이 좀 나가다 보니 어묵을 넣은 김밥이었다. 그런데 상희가 내 눈치를 보며 가방을 천천히 열었다. 이내 그 아이의 도시락이 열렸고 그 안에는 김치와 쌀밥 그리고 계란이 둘린 분홍 소시지가 들어 있었다.

"할아버지가 만들어 주신 거야?"

내가 물었다.

"응."

눈치를 보며 상희가 대답했다. 이런 기쁜 소풍날 자기 혼자 김밥을 싸 오지 못해 많이 창피한 것 같았다.

"같이 먹자! 내 김밥이 많아!"

상희는 내 눈치를 슬금슬금 보았다.

"얼른 먹어!"

내 말을 듣고 못 이긴 척 상희는 손가락을 내밀어 내 김밥을 집었다. 그리고는 미소를 머금고 입에 김밥을 살며시 밀어 넣었다. 그러고는 이내 행복한 웃음을 감추지 못하며 기쁜 얼굴로 김밥을 씹었다.

"여기 있었네! 너희들 한참 찾았다! 뭣 하러 이 깊숙한 곳까지 들어와서 밥을 먹니?"

중원이었다. 중원이는 큰 찬합을 들고 우리 쪽으로 오고 있었다.

"신문지 더 있으면 신문지 좀 더 펴 봐!"

중원이 말에 상희는 얼른 신문지를 폈다. 그리고 중원이는 땅에 찬합을 놓고 뚜껑을 열었다.

"너희들 다 먹어라! 나는 아침에 엄마가 김밥 쌀 적에 잔뜩 집어 먹었더니 생각이 없다."

그 말에 상희는 다시 한 번 망설이는가 싶더니 생각보다 많은 중원이의 김밥을 보고 용기 내서 입 안에 김밥을 마구 구겨 넣었다. 그리고 중원이는 상희의 도시락을 들더니 쌀밥과 분홍 소시지를 입에 넣었다.

"내가 이 분홍 소시지를 엄청 좋아하는데 생전 가야 우리 엄마가 이런 걸 안 해 줘! 역시 상희네 김치는 환상이구나!"

자기 김밥을 대신 먹는 상희가 미안해할까 봐 중원이는 상희의 반찬을 연거푸 칭찬했다. 우리는 그곳에서 서로의 마음속에 숨어 있는 따뜻함을 한껏 느끼며 식사를 했다. 중원이의 선한 행동에 우리의 마음까지 말할 수 없는 따스함이 전해졌다. 우리는 즐거운 마음으로 식사를 마치고 동산 이곳저곳을 걸었다.

"잘 둘러봐! 아까 선생님들이 이곳으로 못 오게 하셨어! 내가 보니까 이곳에다가 보물을 많이 숨기신 것 같아!"

중원이가 주위를 두리번거리며 이야기했다.

"그래? 진짜?"

내가 반색하며 되물었다.

"보물 찾으면 선물로 뭘 주지?"

상희가 이어 물었다.

"기껏해야! 공책이나 색연필 같은 거겠지?"

중원이 말에 내가 실망스러운 듯 얼굴을 찌푸렸지만 상희는 얼굴색이 밝아졌다.

"그래도 공책이 어디야? 공짜잖아!"

공짜라는 상희의 말에 왠지 모를 소망 같은 것이 느껴졌다. 우리는 산속을 돌아다니다가 담임선생님이 자모회 분들과 식사하는 모습을 발견했다. 자모회 엄마들이 준비한 음식들은 산해진미 같았다. 그곳에 잘 차려진 음식이 있었고 중간에는 담임선생님이 연거푸 웃으며 나무젓가락으로 음식을 입에 넣고 있었다.

"장훈이랑 다들 김밥은 맛있게 먹었니?"

선생님이 물었다.

"네!"

선생님의 물음에 상희가 힘차게 대답했다. 배가 한껏 부른 상희는 엄청 기분이 좋아 보였다.

"이따가 보물찾기 하니까 잘들 분발해 주길 바라!"

선생님은 그렇게 말하고는 얼른 자모회 엄마들의 환대 속으로 빨려 들어 갔다. 우리는 주위를 돌면서 비록 어린아이였지만 자신의 삶의 수준에 맞는 아이들끼리 서로를 끌어당기며 무리를 이루어 식사하는 모습을 보았다. 삶의 계층이라 하기엔 그 나이에 무리가 있을는지 모르겠지만 사는 모습이 그러했다. 점심시간이 끝나고 보물찾기가 시작됐다. 선생님의 호각 소리에 아이들은 일제히 흩어져 이곳저곳 뒤적였다. 나무껍질을 파보는 아이도 있었고 커다란 돌덩이를 뒤집어 보는 아이도 있었다. 보물을 찾아봤자 공책이란 걸 안 아이는 한적한 곳에 앉아 과자를 먹기도 했다. 나와 상희 둘 중 보물을 찾은 건 상희였다. 빠른 걸음으로 이곳저곳을 돌았다. 그러더니 들꽃이 있는 풀 더미에서 잘 접힌 흰색 종이 하나를 집어 올렸다.

"찾았다!"

상희가 소리쳤다. 상희는 밝은 얼굴로 나와 중원이를 보며 이야기했다. 상희는 얼른 그 종이쪽지를 펴 보았다. 푸른색 염료로 보물이라는 도장이 잘 찍혀 있었다. 상희는 다시 쪽지를 조심스레 접어 주머니에 넣었다.

"보물은 잘 갖고 있다가 저녁에 학교에 돌아가면 공책으로 바꿔 줄 거예요!"

보물찾기를 지도한 선생님 말이었다. 상희는 그 말을 듣고 우리 눈치를 보더니 우리를 등지고 누군가를 찾기 시작했다. 여전히 보물에 미련이 남았는지 풀밭을 뒤적이는 해미에게 다가가더니 겁을 잔뜩 먹은 채 보물을 내밀었다.

"이거 너 가져!"

상희는 많이 떨며 말했다. 그 상황을 알아차린 해미도 또한 그 상황을 낯설어하는 것 같았다.

"앞으로 친하게 지내자! 우린 짝꿍이잖아?"

상희의 말이 떨어지자 그 상황을 지켜보는 눈이 많아졌다. 상희는 여전히 겁을 먹고 있었다.

"누가 너더러 이런 거 달랬어?"

해미는 상희의 팔을 밀치며 그 자리를 떠났다. 상희가 이런 것을 준 것이 부끄러운 듯했고 설사 상희에게 그 보물을 받는다 해도 주위 친구들에게 두고두고 놀림감이 될 것이 두려워 그런 것 같았다. 땅에 떨어진 보물을 상희는 주우며 슬퍼하는 눈빛으로 애써 웃으며 주머니 안으로 그 쪽지를 밀어 넣었다.

"내가 가지면 되지 뭐…."

상희는 웃으며 말했다. 그렇게 시간이 흐르고 나는 상희의 어깨를 두드리며 산속을 거닐었다. 그때 나는 알았다. 세상에서 정말 무서운 감정 중에 하나가 거절감이며 그 거절감이 정말 두려운 사람은 그 거절감을 피하려고 뭐든 할 수 있다고 말이다. 하지만 그날 상희는 온몸으로 그 거절감을 마주해야만 했다. 어린아이가 감당해야 할 그 고통은 아마도 생살을 찢는 고통이었을 것이다.

소풍이 끝나갈 무렵 나는 돌아오면서 상희의 뒷모습을 유심히 보았다. 여전히 해미에게는 말 한마디 걸지 못했고 먼 산을 보며 길을 걸었다. 상희는 운동장에 도착해서 선생님이 바꿔 주는 공책을 받아서 가방에 챙겨 넣었다. 우리는 한적한 곳에 자리를 잡고 신문지를 다시 깔고 앉아서 중원이가 남겨준 김밥으로 저녁을 해결하기로 했다. 아이들이 다 떠난 후, 우리는 느티나무 밑에 앉아서 김밥을 먹었다. 중원이네 김밥은 우리 집 김밥보다 재료도 훨씬 많이 들어가고 맛도 좋았다.

"왜 해미한테 보물을 준 거야?"

내가 물었다.

"응 왜냐하면 해미는 나를 싫어해! 나랑 짝꿍이 된 것도 싫어하고 나랑 말도 하지 않아! 그래서 내가 그걸 주면 앞으로는 좀 잘 봐줄까 싶었어! 그래서 준 거야!"

"그런데 해미는 결국 널 무시했잖아?"

"주변 친구들 보기에 창피해서 그랬을 거야! 둘이 사귄다고 놀릴까 봐!"

상희는 말을 이어가며 중원이가 남겨준 김밥을 쉬지 않고 먹었다. 아마도 상희의 삶에 이런 날이 아니면 어머니라는 존재의 정성 가득 별미를 맛보기가 어렵다는 걸 본능적으로 알았던 것 같다. 해는 점점 분홍빛을 띠고 바람은 선선해졌다. 우리는 그 해를 보며 남은 김밥을 모두 처리했고 그날 겪었던 슬픔은 해와 함께 서산 밑으로 내려보냈다. 거절감이라는 걸 온몸으로 마주하며 살아온 상희에게도 그날의 거절감은 유독 아팠으리라는 생각이 머릿속에서 잘 떠나질 않았다.

6

지희는 학기 초부터 선생님의 은총을 많이 받았다. 그래서 방과 후에도 선생님의 쪽지 시험 채점이라든가 선생님을 도와서 숙제 검사 같은 걸 하곤 했다. 더 나아가 아이들의 가정 형편이 적힌 종이를 선생님을 도와 정리했다. 그것이 의미하는 것은 지희는 선생님의 무한한 신뢰를 받으며 일종의 보이지 않는 면죄부를 받고 있음을 의미했다. 지희는 영악했다. 자신이 선생님의 사적인 영역에 들어와 있음을 알았고 그 사적인 영역에서 아이들이 누릴 수 없는 것을 자신이 누릴 수 있음을 알아차렸다. 사람의 본성이 그렇듯 지희도 못나고 예쁘지 않고 볼품없는 걸 싫어했다. 아니 더 나아가서 그런 것들을 파괴하고 짓밟으려 했으며 그런 것들이 망해 자빠지는 것을 즐거워하고 행복해했다. 다만 자신의 학급이라는 사회에서의 지위 때문에 이를 마음껏 표출하지는 않았다. 더욱이 선생님의 시야 아래서는 그런 것을 마구 드러내지는 않았지만 선생님 시야를 벗어났을 적에는 그러한 환멸을 마구 표현하곤 했다. 그 대상은 물론 상희였다.

어느 봄날 모든 학급의 일과가 끝나고 난 뒤, 지희는 교실에 남아 선생님을 도왔다. 가정 형편이 적힌 종이를 분류하는 작업이었는데 지희는 자연스럽게 반 아이 누가 가난한지와 급우들의 가정형편 그리고 누구 부모님이 이혼했는지 가족관계도 알게 되었다. 지희가 가장 재미있고 흥미롭게 본 종이는 상희의 가정 형편이 적혀 있는 종이였다. 엄마도 없고 아빠도 없으며 할아버지와 누나 그리고 주소지조차도 명확하지 않은 그러한 가정 형편은 지희 눈에 상당히 재미있어 보임이 분명했다. 그랬다. 상희의 삶은 지희에게는 재미였다. 그때부터 본격적으로 시작되었다. 지희가 선생님 눈을 피해 상희를 업신여기기 시작했던 때

말이다.

"상희는 엄마가 없대!"

봄 소풍 이후에 반에 흘러 다니던 이야기였다. 아이들 머릿속에서 계산이 맞아떨어지기 시작했다. 같은 옷을 며칠씩 입고 다녔고 도시락 반찬은 몇 날이고 같았으며 몸에서는 로션이나 비누 냄새 대신 역한 냄새가 났으니 말이다. 그런 상희의 결핍은 아이들에게 모욕의 대상이 돼 버렸고 상희가 표출할 수 없는 외로움과 분노를 끌어안기 시작한 것도 그때부터였다. 특히 상희의 짝꿍이었던 해미는 상희가 눈이라도 마주치면 소스라치게 놀라며 말을 걸지 말라며 거절하곤 했다. 내가 그런 상희에게 해 줄 수 있는 것은 다른 아이들과 같이 상희 편이 되지 않는 다수가 되지 않는 방법뿐이었다. 늘 상희와 도시락을 같이 먹었으며 학교가 끝난 뒤, 집으로 향하는 길도 상희와 함께했다.

"뽑기하고 갈래?"

무언가 결심한 듯 상희가 물었다.

"뽑기?"

내가 되물었다.

"응 뽑기!"

다시 한 번 상희가 용기 있게 대답했다.

"너 돈 있어?"

나의 그 말에 상희는 주머니를 뒤적거리더니 백 원짜리 동전 3개를 꺼냈다. 상희에게 그런 큰돈이 있을 리 없었다. 교실에서 200원이 무서워 욕설 한 번 내뱉지 않던 아이였는데 갑자기 아이들의 노름인 뽑기를 하자니 의아했다.

"이 돈 어디서 났어?"

"할아버지가 소풍 때 맛있는 거 사 먹으라고 줬어!"

"근데 지금까지 안 쓴 거야?"

"응! 다 써버리면 마음이 슬플 거 같아서. 그냥 울적할 때마다 동전을 보면 기분이 좋아져서 안 쓰고 있었어!"

"기분이 좋아진다고?"

"응!"

그렇다고 말하는 상희의 대답에는 어렸던 내가 충분히 느낄 만큼 여러 감정이 뒤섞여 있었다. 나는 상희의 재촉에 못 이겨 문방구로 향했다. 한 번 뽑기하는 데 드는 비용은 50원이었다. 그러니까 작은 종이 쪼가리를 잡아당기는데 50원의 비용을 지불하면 그에 상응하는 상품을 주곤 했다. 전형적인 어린아이들 노름이었다. 상희는 과감하게 일시에 300원을 주인아저씨에게 지불했고 우리는 6번의 기회가 있었다.

"나는 한 번만 뽑을게!"

상희가 어떤 돈으로 나에게 유익을 제공하는 줄 알았기에 여러 번 할 수가 없었다. 내 눈빛에서 내 진심을 읽은 상희가 나에게 한 번의 기회를 주었고 5번의 기회를 상희가 가져가기로 했다. 침을 한 번 꿀꺽 삼킨 상희는 용기를 내서 종이를 뽑았다. 소위 말하는 꽝이 계속해서 나왔다. 상희의 눈동자를 보니 낙망어린 흥분으로 동공이 활짝 열려 있었다. 그렇게 상희는 마지막까지 종이를 뽑았지만 상품의 하위단계 어디 즈음인 엿가락을 하나 얻는 데 그치고 말았다. 내 차례가 되었다. 종이를 이리저리 훑어본 나는 마음에 드는 녀석을 하나 잡아당겼다. 철심이 박힌 종이를 기운 내서 뜯어보니 1등에 당첨이 돼 버렸다. 뛸 듯이 기뻤다. 옆에서 상희도 욕심 없는 눈으로 기뻐해 주었다. 1등 상품은 바로 전동모터가 돌아가는 미니 자동차였다. 그건 초등학교 고학년인 우리에게도 충분히 흥미로운 장난감이었다. 축하한다는 주인아저씨 말과 함께 장난감을 넘겨받은 후 즉각적으로 상희의 눈치를 살폈다. 아쉬움과 부러움 가득한 눈빛이었다.

"이거 너 가져! 네 거야!"

상희가 눈을 동그랗게 뜨며 고개를 휘저었다.

"아니야! 네 거야! 난 장난감 많아!"

그러자 상희는 못내 기쁨을 감추지 못하며 얼른 자기 품으로 장난
감을 끌어안았다. 우리는 그렇게 큰 승전보를 문방구 안에서 울리고
주인아저씨의 환대를 받으며 집으로 향했다.

"근데 갑자기 오늘 왜 돈을 쓰기로 결정한 거야?"

내가 물었다.

"응! 낮에 조금 슬픈 일이 있었거든…."

"슬픈 일? 그게 뭔데?"

"지희가 물어봤어! 너 엄마 없냐고!"

"주위에 누가 있었어?"

"아니! 아무도…."

"근데 왜 선생님한테 말하지 않았어? 지희가 날 곤란하게 했다고 말이야!"

"응… 선생님이 내 편이 되어 줄 거 같지 않아서…."

"그래서 슬펐니? 그래서 돈을 쓴 거야?"

"그렇지! 돈은 나에게 진통제와도 같아! 마음이 정말 슬프고 아플 때 한 번 쓰고 나면 마음이 괜찮아져! 비록 자주 쓸 돈은 없지만 말이야!"

상희의 그 말에 내 마음에서는 적개심이 활활 불타올랐다. 상희에게 300원의 무게는 어떠했으며 그 무거운 무게를 단번에 소진할 만큼의 마음의 슬픔을 내가 짐작할 수 있었다. 나는 상희 대신 분노해 주기로 다짐했고 상희 대신 행동해 주기로 마음먹었다. 그리고 앞으로 지희를 마음속에서 암묵적인 주적으로 인식하기로 다짐했다. 생각해 보니 지희는 학기 초에 조사한 가정 형편 쪽지를 둘러봤을 테고 상희의 사정은 물론 나의 집안 사정도 알 게 분명했다. 지희는 유복하고 건강하며 화목한 집에서 사랑을 듬뿍 받으며 자란 것이 분명했다. 그렇지만 내가 발견한 지희의 내면은 못생기고 흉한 것을 짓밟아 이겨버리고자 하며, 없애고 싶은 분노 같은 게 때때로 보였다. 그리고 지희 눈에 못생기고 흉한 것은 나와 상희가 공통적으로 소유한 가난이었다.

지희는 내가 아는 한 단 한 번도 벌금을 낸 적이 없었다. 입 밖으로 드러내는 욕을 한 적이 없었기 때문이었다. 다만 못생기고 흉한 것들을 향해 분노의 말들을 내뱉곤 했다. 물론 욕설이 아니었으니 벌금을 내는 일은 없었다. 상희가 나에게 전해 준 말은 내 마음에 분한 응어리가 생기도록 만들기에 충분했다. 지희는 상희 몸에서 군내가 난다고 말했다. 그리고 상희는 세수를 안 하고 때가 얼룩진 그 얼굴 그대로 학교에 온다며 아이들 보는 앞에서 웃으며 이야기했다고도 했다. 하지만 상희는 어떤 저항의 말도 지희와 아이들 앞에서 할 수 없었다고 했다. 그 이유는 지희 말이 모두 사실이었기 때문이라고 말했다. 그리고 그 상황에서 용기 내어 분노의 말을 하다 보면 욕을 할 것 같았고 지희는 물러서지 않고 더욱 더 고통스러운 말을 할 것 같다고 했다. 그렇다. 욕을 하면 200원을 벌금으로 내야 하는데 상희에게 200원은 소풍 같은 특별한 날이나 얻을 수 있는 귀한 동전이었으니 말이다.

그렇게 나는 상희에게 그날 있었던 일을 모두 상세히 들으며 상희를 쳐다보았다. 사력을 다해 분노의 슬픔을 가슴 저 깊숙한 곳 어디로 감추려 애쓰는 상희였다. 나는 상희에게 장난감을 양보한 데 큰 뿌듯함을 느꼈다. 상희는 투자한 비용에 비해 큰 수확을 얻고 거기서 그날의 슬픔을 상쇄할 만한 큰 기쁨을 얻었을 것이 확실했기에 나는 만족하고 만족했다. 다음날 상희는 장난감을 멋지게 조립해서 학교로 가지고 왔다. 쉬는 시간에 모터를 켜서 복도에 차를 굴리며 나와 아이들에게 자랑했다. 상희의 장난감을 보며 장난기 어린 웃음을 띠는 아이가 있었다. 바로 진운이였다. 기억을 의존해 보자면 진운이는 눈빛에 장난기가 가득했다. 그리고 그 장난기를 왜소하고 약하며 저항하지 못할 것 같은 여자아이나 남자아이들에게 자주 표출하고는 했다. 그렇다고 그 아이 행동이 욕은 아니었던 터라 벌금을 물리게 신고할 수도 없었다. 진운이 부모님은 한약방을 하셨다. 다른 아이들보다 풍요롭다면 풍요로운 가정의 막내아들이었던 터라 부모님의 무조건적인 사랑과 물질적인 응원을 받으며 지내다 보니 다른 사람을 배려하는 것을 알지 못했다. 내가 본 진운이 모습은 그 녀석에게 사람은 모두 장난감으로 비쳐진다는 느낌이었다. 한번은 체육관에서 레크리에이션을 하는데 다른 친구들의 몸을 썰매 타듯 타는 모습을 보며 '저 녀석 머릿속에서 사람은 도구일 수 있다.'는 생각이 들기도 했으니 말이다. 그런 진운이가 상희의 장난감을 보며 웃으며 다가왔다. 그런데 희한하게도 장난감을 부러워하는 진운이의 눈치였다.

　"이야! 멋있다!"

진운이가 말했다.

　"어제 뽑았어!"

누군가 자신을 부러워한다는 사실에 어깨가 으쓱했는지 상희의 눈은 밝게 빛났다.

"뭐? 뽑기?"

"그렇지!"

"얼마에?"

"300원!"

"멋있는 장난감이다!"

진운이는 호기롭게 상희의 장난감을 들어 이리저리 둘러보았다. 나는 마음이 조마조마했다. 상희를 우습게 여기던 진운이가 상희 장난감에 못된 짓을 할지도 모른다는 조바심이 났기 때문이었다. 그런데 그런 일이 있기 전에 진운이의 풀린 나사를 더 풀어지게 만든 건 지희였다.

"13살이나 돼서 장난감을 가지고 노는 게 참 부끄럽지 않니?"

그 말을 들은 진운이 눈빛에 순간 분노가 서렸다. 그리고는 말없이 분노어린 눈으로 지희를 쳐다보았다. 지희는 팔짱을 낀 채였다. 나와 상희, 진운이가 한곳에 모여 장난감을 만지작거리는 게 못마땅했는지 아니면 상희의 마음을 후벼 파고 싶었는지 모르지만 우리 셋을 향해 조롱의 눈빛을 보내고 있었다. 그날 지희가 짓밟고 없애고 싶었던 홍

한 것은 아마도 상희가 장난감을 귀히 여기는 마음이었던 것 같다.

"너 지금 뭐라고 했어?"

진운이가 분노어린 웃음기로 말했다.

"13살이나 돼서 유아들이 가지고 노는 장난감을 만지는 게 창피하다고 말하려 했지!"

진운이의 입 모양을 보니 욕을 하고 싶어서 입이 근질근질한 것 같았다.

"그러면 너는 13살밖에 안 됐는데 미국 가수 '뉴 키즈 온 더 블록' 노래나 들으면서 알지도 못하는 말 흥얼거리는 게 자랑스럽냐?"

그 말에 지희 얼굴이 수치심으로 순식간에 물들었다. 자신은 누군가에게 수치심을 심어 주는 말을 마음껏 하며 살아왔는지 몰라도 스스로 그런 말을 듣는다는 사실이 무척이나 괴로워 보였다.

"그런 거 들으면 네가 좀 우리보다 우월하다 느끼나 봐? 병원 집 딸? 엄마가 사달라면 마음껏 사주지? 아빠가 번 돈으로?"

지희 얼굴이 점점 굳어졌다. 그리고 그런 격한 언쟁이 오고 갈 때 수업 시작을 알리는 종이 울렸고 선생님이 들어왔다. 선생님은 곧바로 교실 안의 스산한 공기를 눈치챘고 아이들 사이에서 무슨 일이 있었다는 걸 곧바로 알아챘다.

"거기 무슨 일이야?"

그때였다. 지희가 울기 시작했다. 고개를 숙였고 이내 그르렁 그르렁 고인 눈물을 선생님에게 내보였다. 구조를 요청하듯 말이다. 선생님은 지희의 눈물을 보고 객관적인 판단력이 흐려지기 시작했다. 자초지종을 진운이에게 물었고 진운이는 자신을 변호하며 대답했다. 진운이의 답변 속에는 자신도 자칫 잘못하면 진영이 같은 신세가 될지도 모른다는 두려움이 보였다.

"오늘 상희가 장난감을 가져왔어요! 신기해서 구경했는데 지희가 무시하듯 말했어요! 13살이나 돼서 장난감을 가지고 노냐고요! 그렇게 기분 나쁜 말을 지희가 먼저 시작했어요! 그래서 저도 응수하는 말을 했을 뿐이에요!"

겁에 질린 진운이가 말했다.

"뭐라고 응수했지?"

그렇게 말하는 선생님 말속에서 나는 그녀가 억누르고 있는 분노의 감정을 엿볼 수 있었다.

"너는 알지도 못하는 외국 가수 노래나 들으며 우리를 무시하면 기분이 좋냐고요!"

"네가 우리 부모님도 조롱하듯 말했잖아!"

순간 분함을 터뜨리며 지희가 말했다. 그 말에 진운이는 고개를 숙였고 선생님은 깊은 숨을 내쉬었다. 그리고 그녀는 생각에 잠기는 듯했다.

"우선 학교라는 곳에는 장난감을 가져와선 안 돼요!"

고심 끝에 그녀가 내뱉은 첫마디였다. 그 말이 떨어졌을 때 난 상희의 얼굴을 얼른 쳐다보았다. 상희의 얼굴은 상실감과 슬픔과 억울함이 가득했다.

"장난감을 가져온 상희는 그 장난감을 앞으로 가지고 나오세요! 그 물건은 제가 압수할 겁니다. 학교는 공부를 하는 곳입니다."

그 말에 상희는 고개를 푹 숙였다. 이제 막 정들려 하는 녀석을 떠나

보낼 생각에 가슴이 아픈 것 같았다.

"어서 앞으로 가져오세요!"

선생님의 다그침에 상희는 천천히 고개를 숙인 채 장난감을 들고 앞으로 갔다. 그리고 떨리는 손으로 선생님 손에 그것을 넘겼다.

"우선 이 선생님이 생각해 봤을 적에 지희 말은 다소 조롱하는 것 같은 말이긴 하지만 틀린 말은 아니에요! 아까 말했듯이 학교는 공부하는 곳이에요. 그곳에서 13살 학생이 장난감으로 된 자동차를 가지고 논다는 것은 말이 안 되는 겁니다."

그 말에 진운이의 입가는 파르르 떨리기 시작했다.

"그리고 선생님이 오늘 한 가지 더 선언할 거예요! 기존에는 상대방에게 욕설을 하면 벌금을 부과했지만 이제부터는 상대방을 기분 나쁘게 하거나 상대가 들었을 때 마음이 불편해지는 언행도 벌금을 부과하도록 할 겁니다."

선생님의 그 말에 반 안에 떠다니는 공기의 온도는 급속도로 차가워졌다. 그리고 선생님의 그 말에 내 머릿속에는 한 가지 의문이 들기 시작했다.

'기분 나쁘고 안 나쁘고의 기준을 누가 정하지?'

그 생각이 온통 머릿속을 맴돌았다.

"오늘을 본보기 삼아 이번 수업 시간이 끝난 다음 진운이는 자영이에게 벌금을 납부해 주길 바랍니다."

누구도 선생님에게 반대하는 의견을 낼 수 없었다. 그 의견을 내면 선생님은 묘한 고립의 방법으로 그 아이를 외톨이로 만들고 진영이 같은 신세가 될 것이 뻔했기 때문이다. 그녀의 말이 곧 법이었다. 그렇게 수업이 시작되고 경직된 분위기 속에서 수업은 진행되었다. 가끔 경직된 분위기를 눈치챈 선생님이 그 분위기를 풀어보고자 농담을 던지곤 했지만 차가워진 분위기는 좀처럼 녹을 줄 몰랐다. 수업 시간 중간중간 나는 상희의 얼굴을 쳐다보았다. 상희는 큰 상실감을 눈빛에 담고 있었다. 생각해 보니 큰 슬픔을 잊고자 자신의 전 재산을 쏟아부었고 큰 수확을 얻었지만 고작 하루 만에 전부를 잃었다. 상희의 상실감이 충분히 이해되고도 남았다. 화가 났다. 그리고 그 상황을 곧이곧대로 선생님에게 말해서 상희에게 상실감을 안겨준 진운이에게 화를 내기로 다짐했다.

"네 물건 아니라고 선생님에게 그대로 일러바쳐?"

수업이 끝나고 곧바로 진운이를 찾아가 물었다. 진운이 녀석 눈에는 일말의 미안함이나 죄책감 같은 것이 없었다.

"뭐?"

여전히 장난기 머금은 눈으로 진운이가 되물었다.

"장난감이 네 거냐? 그걸 선생님한테 있는 그대로 말해 버리면 어떡해?"

"그러면 나더러 어떡하라고? 장난감을 이야기할 수밖에 없는 상황이었잖아?"

"그래? 그러면 똑같은 거 사다가 상희한테 줘!"

"내가 왜?"

그 순간, 진운이에게 상희는 함부로 해도 되는 아이였다는 생각이 들었다. 진운이 머릿속에는 그 태도가 당연하다는 생각 말이다. 그랬다. 상희는 착하고 착해서 마음에 억울함은 꾹꾹 누를지언정 그것을 표현하거나 밖으로 꺼내지는 못하는 아이였다. 그렇게 바보 같고 착했다. 나는 더 이상 말하고 싶지 않아 돌아와 내 자리에 앉았다. 이내 상희가 나에게로 다가왔고 내 어깨를 누르며 슬픈 눈으로 자기는 괜찮다고 말했다. 진운이 쪽을 돌아보니 장난 어린 눈으로 웃으며 여전히 미안함이나 죄책감을 갖지 못하는 모습이 보였다. 지희는 자기가 이러한 어려운 상황에서 우위를 선점했다는 걸 알고는 모든 위기를 넘겨 다행이라는 듯 안심하는 표정을 하고 있었다.

"오늘 우리 집에 같이 놀러 갈까?"

상희가 나를 쳐다보며 말했다. 상희의 눈빛에는 진운이에게 자기 대신 억울함을 표현해 준 것에 대한 고마움이 들어 있었다. 그리고 나를 위로하고자 하는 마음도 보였다. 우리는 모든 수업이 끝나고 상희의 집을 향해 걸었다. 평소 서로의 집을 향해 갈라지는 위치에서 상희는 서성이며 한참을 망설이는 듯했다. 그러더니 다짐이나 한 듯 나에게 이쪽으로 가면 된다면서 자신의 집 쪽을 향한 방향으로 나를 안내했다. 난 상희와 함께 그 길을 걸었다. 처음 가보는 길이었고 낯선 길이었다. 길은 볼품없었고 허름했다. 바닥은 아스팔트 길이 아니라 흙길이었고 주변에는 들꽃과 잡초가 가득했다. 그 길을 따라 개천 방향으로 걸었다. 개천으로 샛길이 나 있는 곳을 내려가니 초가집 한 채가 보였다.

"여기가 너네 집이야?"

내가 짐짓 놀라며 상희에게 물었다. 부끄러움을 감추려는 듯 상희는 억지로 미소 지으며 고개를 끄덕였다. 집 앞에는 리어카 한 대가 있었고 거기에는 여러 가지 잡다한 물건이 쌓여있었다. 나는 용기를 내어 걸음을 옮겼고 상희네 집은 점점 더 그 모습을 나에게 드러냈다. 초라했다. 흙으로 지은 초가집이었고 지붕은 지푸라기를 엮어 만든 지붕이었다. 나의 시대에도 그런 집이 있다는 것이 놀라웠다. 그리고 그곳에는 사람이 살았다. 그 집으로 다가가 부엌으로 보이는 곳으로 시선을 돌렸다.

"여기가 우리 집 부엌이야!"

상희가 말했다.

"그렇구나!"

난 놀라움을 감추며 대답했다. 그곳에는 내가 생각한 곳과 많이 달랐다. 아궁이가 있었고 큰 가마솥이 있었다. 그리고 참나무로 보이는 장작더미들이 쌓여 있었다. 상희는 자기네 집에는 가스레인지가 없고 아궁이에 밥을 해 먹는다고 했다.

"가스레인지가 없으면 국은 어디에 끓여 먹어?"

내가 물었다. 그러자 상희는 부엌문 밖으로 손짓을 했다.

"저기!"

그곳에는 드럼통을 잘라 만든 화덕이 있었고 그 위에는 잔뜩 검게 그을린 솥이 있었다.

"그러면 냉장고는 없어?"

내가 물었다.

"없어!"

상희가 대답했다.

"그러면 반찬은 어떻게 보관하고 또 어찌 먹어?"

"그냥 먹을 거 그날 사다 먹고 그날 치워버려! 우린 냉장고 없어!"

그때 상희의 대답에는 부끄러움도 창피함도 전혀 찾아볼 수 없었다. 그 빈곤함이 그 아이에게는 정체성이었고 더 나아가 자랑인 듯 보였다. 충격이었다. 나는 나의 빈곤에 대해서 가리고 숨기기에 급급했다. 하지만 상희는 웃으며 이를 자랑하는 모습을 보고 있노라니 적잖은 충격이었음이 틀림없었다. 나는 부엌을 지나 그 집 유일한 방으로 시선을 옮겼다. 그 초가집에는 부엌 하나와 방 하나가 전부였다. 상희는 부엌에서 나와 방문을 열며 나에게 들어와 보라고 손짓을 했다. 신발을 벗고 그 방안으로 조심스레 몸을 옮겼다. 방안에 들어서자 곰팡이 냄새와 구수한 흙 냄새가 났다. 마음이 편안해졌다. 방 안에는 TV도 오디오 같은 것도 없었다. 앉은뱅이책상 하나와 작은 밥상이 전부였다. 상희가 방안으로 뛰어 들어오며 말했다.

"할아버지랑 여기서 다 같이 자는 거야!"

"누나도 같이 자?"

"응!"

상희가 말했다.

"우리 뭐 하고 놀까?"

내가 물었다.

"물고기 잡을까? 낚시해서?"

"낚싯대 있어?"

"있지! 할아버지가 만들어 준 거!"

그 말을 한 뒤, 상희는 초가집 뒤로 뛰어갔다. 나무들이 서로 부딪히며 딱딱 거리는 소리가 났다. 잠시 후 상희는 우리 키보다 몇 배는 큰 대나무 작대기 두 개를 들고 나타났다. 그곳 끝에는 낚싯줄이 달려 있었고 줄 끝에는 낚싯바늘이 묶여 있었다.

"미끼는?"

낚싯바늘을 골똘히 쳐다보다가 내가 물었다.

"파리로 하면 되지!"

그 말을 한 상희는 대나무 작대기를 내던지고 부엌으로 가서 파리채를 들고 나왔다. 그리고는 부엌 주변에서 날아다니는 파리를 잡아 나에게로 왔다. 낚싯바늘에 제법 익숙하게 파리를 꿰어 넣은 상희는 나에게 낚싯대 하나를 건네주며 개천으로 가자고 고갯짓을 했다. 우리는 개천에 낚싯대를 던져 넣고 물고기들이 미끼를 물기를 기다렸다. 흘러가는 개천의 물살이 손끝에 느껴졌다.

"물고기가 미끼를 물면 손에 느껴지는 느낌이 좋을 거야! 너무 짜릿해!"

그 말을 하는 상희는 밝고 맑게 웃고 있었다. 그렇게 몇 분을 우리는 대나무 작대기를 개천에 담가두고 있었다. 얼마의 시간이 흐르고 나는 손안에서 진동을 느꼈다. 지릿지릿한 느낌이었는데 즉각적으로 알 수 있었다. 무언가가 낚싯바늘을 물고 움직인다는 걸 말이다.

"나 물고기 잡은 거 같아!"

내가 난감해하며 어쩔 줄 몰라 상희에게 말했다.

"낚싯대 끌어 올려! 올려! 어서!"

그 말을 들은 나는 얼른 작대기를 끌어 올렸다. 피라미 한 마리가 꿈틀거리며 햇살에 반사되는 몸을 흔들고 있었다.

"우와!"

그 모습을 보며 나와 상희는 함박웃음을 지었다. 마음에 생동감이 느껴졌다. 장난감을 가지고 놀거나 음악을 듣거나 TV를 보며 느끼는 감정과는 많이 달랐다. 곧이어 상희도 작대기를 걷어 올렸다. 제법 큼직한 붕어 한 마리가 달려 있었다. 우리는 그렇게 구김 없는 밝은 마음을 느끼고 그 시간을 즐기고 누렸다. 상희는 붕어를 손에 들고 좋아하다가 곧바로 다시 개천으로 붕어를 던져버렸다. 그리고는 무언가 생각났다는 듯 나를 쳐다보았다.

"재미있는 거 보여 줄까?"

"뭔데?"

내가 궁금해하며 물었다. 상희네는 TV도 VHS 재생기도 없었다. 나에게 재미있는 것을 보여 준다는 것이 의아했다. 상희는 바가지에 내 피라미를 담고 자신을 따라오라 했다. 상희를 따라간 곳에는 재래식 화장실이 있었고 우리 집의 그것과 별다를 바가 없어 보였다. 상희는 그 바가지를 들고 화장실 안으로 들어가 나에게 따라 들어오라는 손짓을 했다. 따라 들어가자 상희는 그곳에서 능글맞게 웃고 있었다.

"피라미가 똥물에서 헤엄치는 걸 보여 주겠다!"

그러더니 상희는 일말의 망설임 없이 바가지에 있는 물과 함께 물고기를 변소 안으로 쏟아부었다. 깜짝 놀랐다. 곧 물고기는 죽을 것이었다. 그리고 상희는 아무 죄책감 없이 그 행동을 했다. 상희는 이게 재미있는 행동이라고 했다. 처음 보는 상희의 모습이었다. 아래를 내려다보니 물고기는 똥물 속에서 사력을 다해 허우적거리고 있었다. 그리고 오랜 시간이 지나지 않아 그대로 몸이 굳어 버리고 움직임을 멈추며 죽어버렸다. 상희를 이해할 수는 없었지만 상희 마음속에 어떤 것이 있는지를 알 수 있을 것 같았다.

"야! 이 병신 새끼야! 내가 변소에 물고기 넣지 말라고 했지!"

나는 얼른 고개를 돌려 그 소리가 나는 곳으로 고개를 돌려보았다. 여자 학생으로 보이는 사람이 있었다. 학생으로 봐야 하는 것이 맞는 것 같았다. 그 또래로 보였으니 말이다. 그런데 내가 학생으로 보려고 의지를 가진 이유는 그 여자의 피부색 때문이었다. 검은색이었다. 우리 같은 황인종이 아닌 흑인에 가까웠고 말은 외국어를 쓰지 않았고 나와 같은 정확한 한국말을 하고 있었다. 내 짐작대로라면 상희의 누나여야만 했다. 그동안 상희와 누나 이야기를 하면 상희는 무언가를 숨기는 듯했다. 그 이유를 알 수 있을 것만 같았다. 누나의 겉모습이 들키지 않게 조심스레 쳐다보았다. 미국에서 볼 법한 흑인의 모습 안에 한국인이 있었다. 낯설었고 신기했다. 이내 내 표정을 읽은 상희의 누나 목소리가 들렸다.

"이 개새끼야! 사람 처음 봐!"

이내 들려온 누나의 목소리였다. 그 목소리에는 나를 향한 분노와 미움이 가득 실려 있었다. 나는 할 말을 잃은 채 계속해서 누나의 모습을 바라보았다. 검은 살 위로 모이는 때 자국과 그 여자아이 발보다 큰 헤진 운동화 그리고 작은 옷 사이로 발육된 육체가 눈에 확연히 들어왔다. 그 아이는 중학생이었지만 어른의 몸을 향하고 있었고 여성의 몸을 하고 있는 상희의 누나 앞에서 나는 왠지 모르게 주눅이 들었다.

"아니야! 누나! 그러지 마! 오늘 놀러 온 내 친구란 말이야!"

상희가 나를 변호하듯 누나에게 말했다. 그러자 이내 나를 경계하던 누나의 눈빛이 풀어졌고 전과는 다른 눈으로 나를 바라보았다.

"밥은?"

누나가 물었다.

"아직… 할아버지 오시면 먹어야지!"

저녁 식사 이야기를 주고받는 그들에게 나는 긍정적인 기운을 느낄 수 있었다. 끼니 때마다 먹는 사소한 밥이라는 것이 그들에게는 희망과도 같은 것임을 나는 알 수 있었다. 나와 상희는 누나의 눈치를 보며 제대로 놀지 못했다. 그냥 나무 더미에 앉아 먼 곳을 바라보거나 걸리지 않게 누나의 외모를 슬금슬금 보며 시간을 보냈다. 해가 서서히 질 때 즈음 상희의 할아버지가 돌아오셨다. 리어카를 노인의 몸으로 힘겹게 고물과 파지를 싣고 움직이고 있었다. 상희와 누나는 그 모습을 보자 곧장 뒤로 달려가 리어카를 밀기 시작했다. 그러자 수월하게 리어카가 마당으로 밀려왔다. 할아버지가 리어카를 멈추고 땀을 수건으로 닦으며 마당으로 들어섰다.

"할아버지! 오늘 내 친구 놀러왔어!"

그 말이 끝나자 나는 고개를 숙여 할아버지께 허리를 숙여 인사를 드렸다. 나의 인사를 본 할아버지는 밝게 웃으셨다.

"그래! 집이 어디냐?"

"저요? 보개면 사는데요."

"아! 보개면? 알지! 리어카 끌고 자주 간다. 그쪽에도 고물상이 하나 있거든!"

할아버지는 계속 웃으시며 나에게 말하셨다. 그렇지만 나는 그런 상희의 할아버지를 경계하고 있었다. 행색이 아주 초라했기 때문이었다.

"우리 할아버지는 고물이나 박스를 주워다가 고물상에 파셔! 가끔은 좋은 새것 같은 물건도 가져오시는데 그러면 그건 우리 차지가 돼!"

상희는 신나하면서 말했다. 이내 다가온 저녁 식사 시간을 매우 반기는 듯했다. 솔직히 나는 상희네 집에서 저녁밥을 먹고 싶지 않았다. 물론 상희네 김치를 매우 좋아했지만 저녁마저 모르는 사람들과 둘러앉아 어색한 자리를 함께하고 싶지 않은 이유에서였다.

"친구가 왔으니까 오늘은 특별식이 필요하겠네!"

할아버지의 그 말에 상희와 누나의 눈이 반짝거리며 빛났다. 그러고는 이내 상희는 두 손을 잘 모아 할아버지 앞으로 내밀었다.

"삼백 원이면 될까?"

할아버지는 그렇게 말하며 동전 주머니에서 동전 세 개를 꺼내어 상희의 가지런히 모은 손에 천천히 올려놓으셨다. 그것을 넘겨받은 상희는 곧장 어디론가 뛰어갔다. 그리고 누나도 상희를 뒤따라 뛰기 시작했다. 뛰는 그들의 모습이 경쾌해 보였다.

"어디로 뛰어 가는 거예요?"

내가 물었다.

"응! 구멍가게로 가는 거야! 달걀을 사러 간단다."

"달걀은 왜요?"

"응! 달걀부침을 해주려고! 손님이 왔는데 그냥 먹을 순 없잖니?"

상희와 그의 누나는 달걀 먹을 생각에 그렇게도 신나했던 것이다. 나는 그날 상희가 돌아오기까지 여러 미묘한 감정이 마음속을 헤집었다. 나보다 더 열악한 곳에 살던 상희를 보았지만 상희는 나보다 더 행복하게 여길 것이 많았다. 어린 나의 마음속에 파문이 이는 날이었다. 이내 상희와 누나는 빠른 걸음으로 만연한 미소를 띠며 초가집으로 돌아왔다. 할아버지는 밥상을 준비하셨고 상희와 누나는 드럼통에 불을 살리기 시작했다. 할아버지의 밥상이 마루로 올려진 후, 할아버지는 불이 오른 드럼통으로 올라가 후라이팬에 식용유를 두른 뒤, 올라오는 불에 팬을 올려 후라이를 만들기 시작했다. 이내 지글거리는 소리가 들렸고 다 완성된 요리를 할아버지는 각자의 밥 위에 올려주셨다. 곧 저녁 식사가 시작되었다.

"나는 밥하고 같이 안 먹을 거야!"

상희가 말했다.

"난 밥하고 같이 아껴서 조금씩 먹을 거야!"

이어지는 누나의 말이었다. 상희는 후라이를 반으로 덥석 잘라 입으로 구겨 넣고 눈을 감았다. 그리고는 눈을 감고 맛을 천천히 음미했다. 나는 고개를 돌려 상희의 누나를 보았다. 보리밥에 달걀을 올려 조금씩 아껴먹는 모습이었다. 그리고 할아버지는 말없이 김치를 쪼개어 밥 위에 올려 가며 드실 뿐이었다. 달걀이 없는 머쓱함 때문인지 나를 보며 애써 웃으셨다. 그날 나는 그들과 밥을 같이 먹으며 우리 가정에서는 볼 수 없었던 따스함을 느꼈다. 분명 가난했고 결핍으로 점철된 삶의 공간이었는데 알 수 없는 따스함이 내 마음을 위로하고 위로했다. 그리고 강렬한 우정의 끈이 나와 상희를 묶고 있었다.

7

선생님은 하루 일과가 끝나고 종례를 한 후에 우리가 부를 노래를 가르치곤 했다. 그녀의 말대로라면 그 노래는 민중가요였고 그녀가 대학생이던 시절 데모할 적에 불렀던 노래라고 했다. 만화 주제가나 TV에서 나오던 유행가를 부르던 우리들에게는 한참 낯설고 낯선 노래들이었다. 그녀는 그 노래들을 우리에게 가르쳤다. 우리는 그것들을 배워야 하는 이유를 몰랐고 의무적으로 하루에 한 번씩 불러야 하는 이유도 몰랐다. 그녀는 가르쳤고 우리는 부를 뿐이었다. 그 노래의 내용은 이랬다. 좀 더 좋은 세상을 만들어야 하고 불의에 항거해야 하고

어둠을 사랑하는 거대한 무언가를 향해 저항해야 한다는 내용의 노래
가 많았다. 우리들은 그 노래들을 하루에 한 번 의무적으로 불렀다. 처
음에는 그 노래들을 부르면서 우리가 마치 알 수는 없지만 정의로운
세상을 만들어가고 있는 것 같은 의협심 비슷한 것이 마음에 타올랐
지만 시간이 지날수록 그냥 타성에 젖어 선생님에게 꾸중 듣기 싫어
부르는 날이 많아졌다.

"우리가 사는 세상이 정말 안 좋은 세상일까?"

쉬는 시간 아이들이 모여 있는 가운데 중원이가 하는 말이었다.

"노래를 부르다 보면 전에는 생각하지 못했었는데 어린 우리들이 살
고 있는 이 세상이 마치 만화에서 볼 법한 악이 가득한 세상이라는 생
각이 들어!"

내가 중원이의 말을 이었다.

"난 잘 모르겠어! 선생님이 부르라니까 그냥 부르는데 귀찮기는 해!"

상희가 자신의 의견을 부끄럽게 말하며 웃었다.

"선생님은 우리한테 교과서 말고도 더 의미 있는 것을 가르칠 의무가

있으셔! 노래를 통해 그것을 가르치시는 거야!"

우리의 대화를 듣던 지희가 지나가며 말했다. 그 아이 말속에는 선생님의 신임을 잔뜩 받는다는 자신감과 노래를 통해 자신도 마치 어른이 되었다는 생각이 가득한 듯했다. 나는 지희의 말을 듣고 생각했다. 내가 살고 있는 이 세상에는 나를 좋아하는 사람은 조금이었지만 내가 좋아하는 사람이 많으니 이미 아름답고 훌륭한 세상이라 생각했다. 그 안에는 내가 사랑하는 외할머니와 외할아버지가 있었고 친구들이 있었다. 그들과 섞인 이 세상은 부당하거나 악하다고 생각해 본 적은 단 한 번도 없었다. 그렇지만 선생님이 노래를 통해 우리에게 가르친 세상은 악을 향해 치닫는 그 어디쯤이었다. 종례가 끝난 어느 날이었다. 우리는 평소와 다름없이 선생님이 가르쳐준 노래로 하루를 마감했다. 노래를 마친 고요 가운데 한 친구의 손이 하늘로 번쩍 들렸다.

"뭐지?"

선생님이 그 학생을 향해 물었다.

"선생님, 저는 더 이상 이 노래를 부르고 싶지 않습니다!"

중원이었다.

"방금 뭐라고 했니?"

순간 싸늘한 표정으로 선생님이 말했다.

"저는 이 노래를 부르고 싶지 않습니다!"

순간 선생님의 표정에 겁을 먹었지만 용기를 가다듬고 중원이는 말했다.

"왜지?"

아이들에게 보이지 말아야 할 속마음을 보였던 것이 선생님은 뜨끔했는지 선생님은 얼른 표정을 온화하게 가다듬으며 말했다.

"선생님! 우리가 부르는 이 노래는 아직 우리가 불러야 할 노래가 아닌 것 같아요. 가끔 뉴스에서 대학생 형, 누나들이 데모할 적에 부르는 노래 같기도 하고 억지로 어른이 되려는 것 같아 너무 싫습니다. 저는 아직 만화 주제가나 가요가 더 좋고 그 노래들을 부르고 싶습니다."

용기 있는 중원이의 솔직한 말에 학급 공기가 순식간에 얼어붙었다.

"중원이는 그런 생각을 했구나…."

선생님은 중원이의 의견을 존중하는 듯했지만 자신의 의견에 논리적으로 반기를 든 중원이에게 참을 수 없는 어떤 감정을 느끼는 것이 분명했다.

"그리고 선생님, 저는 어느 순간부터 이 노래들을 의무감으로 부르고 있었습니다. 선생님은 노래 가사처럼 좋은 세상을 이루기 위한 마음으로 가르치셨지만 아직은 저에게 그런 세상은 실감나지 않아요."

선생님의 표정은 점점 더 굳어졌다.

"여러분! 여러분이 누리고 있는 이 시간과 자유 그리고 공기 이 모든 것은 거저 얻어진 것이 아니에요! 이제야 말하지만 여러분에게는 이런 것들을 누리고 싶어도 누리지 못하던 시절이 있었음을 알아야 해요! 저는 그것들을 통과했던 사람으로서 그 자유를 온전히 여러분 품에 안겨주고 싶었어요! 이런 노래를 부르고 싶어도 온전히 부르지 못했던 시절이 있었습니다. 저는 그 시절을 오롯이 살아낸 사람으로서 모든 걸 말할 수 있어요! 저는 그걸 온전히 여러분이 누리게 해주고 싶었습니다. 그러나 그것의 소중함을 알지 못하는 학생은 그것을 원하지 않기도 하는군요. 하긴 얼마나 중요한지 모를 수도 있지요."

선생님의 말은 꽤나 타당해 보였다. 하지만 그때의 우리로서는 그녀의 말을 소화해서 반박할 능력이 없었다.

"선생님! 저는 이 노래가 너무 좋아요! 이 노래를 종례가 끝나고 부르면 저도 마치 교과서에서 배운 민주사회의 일원이 된 것 같은 근사한 기분이 든단 말이죠."

지희의 말이었다. 지희는 영악스럽게도 선생님에게 스스로 총애받는 방법을 알고 있었다.

"맞아요! 어린 학생의 마음에서도 민주사회와 좀 더 나은 세상을 꿈꾸는 일은 충분히 가능한 일이에요! 저는 여러분에게 지희가 느끼는 그런 마음을 주고 싶었습니다."

순간 교실은 일렁였고 선생님의 총애를 받는 아이들은 표정으로 이미 선생님 편이 되어 있음을 말했다. 그렇지만 중원이는 고집 때문인지 아니면 상황을 파악하지 못하는 건지 아니면 자신의 내면에 있는 순수한 의도 때문인지 선생님을 집요하리만큼 바라보고 있었다.

"선생님! 저는 이 노래들을 부를 적마다 어깨가 무거운 느낌이 들었어요. 이유는 모르겠지만 저에게 아직은 맞지 않는 옷을 억지로 입는 느낌이 들었어요. 저는 이 노래들이 마음속에서 너무 무겁게 작용해요."

중원이의 진심 어린 말은 반 공기를 점점 더 차갑게 만들었다.

"여러분이 언젠가는 입어야 할 옷이에요! 저는 여러분이 언젠가 입어야 할 옷을 미리 보여주는 교육을 하고 있는 겁니다. 저 스스로는 무리하거나 무례한 행동이라고 생각하지 않아요!"

선생님은 이미 스스로의 말 속에서 중원이와 우리를 향한 설득력을 스스로 잃었다는 걸 인지한 듯, 미세하게 떨리는 음성으로 말했다. 그리고 그녀의 음성과 호흡 속에서는 분함과 억울함 같은 것까지 보였다. 그녀는 그 날, 균열이 시작되는 최초의 틈새 같은 것을 우리들에게 내보였다.

8

복훈이는 지능이 떨어지는 아이였다. 한글을 습득하는 능력이 부족해 정규수업을 끝내고도 '특수반'이라는 곳에 불려가 다른 지진아들과 함께 부족한 한글 수업을 듣곤 했다. 스스로는 폭력을 사용하지 않겠다던 선생님들과는 달리 그곳 선생님들은 폭력을 꽤나 자주 사용했다. 반복해서 가르쳤을 때 이해를 못 한다거나 수업 태도에서 미온적인 태도를 보이는 아이들을 사정없이 후려치곤 했으니 말이다. 상희도 여차하면 그곳으로 끌려갈 뻔했지만 운 좋게도 살아남아 그 고초를 겪는 곳으로 가지 않아도 되었다. 선생님의 평정심은 늘 복훈이 앞에서 무너지곤 했다. 선생님이 의도한 반의 민주적인 모습도 그리고 학습의 전반적인 이해도 복훈이에게는 흡수되지 않았다. 선생님이 건설하고자 했던 민주사회에서 복훈이는 늘 걸려 넘어지게 하는 돌부리 같은 존재였다. 선생님은 복훈이를 인간적으로라도 갱생시켜보고자 했으나 도무지 원하는 성과를 얻을 수 없었다. 복훈이는 늘 욕설을 해서 벌금을 자주 내기 일쑤였고 그럼에도 경각심이나 마음에 부담 같은 것은 갖지 않았다. 선생님이 폭력을 사용하지 않는다는 걸 알고 무법자처럼 행동하곤 했다.

"병신 같은 년들!"

복훈이가 교실 한쪽에서 수다를 떠는 여자아이들을 보고 조용히 읊조리듯 한 말이었다. 내가 그 소리를 들었다는 것을 알아차린 복훈이는 나와 눈이 마주치자 윙크하며 아이치고는 다소 징그러운 웃음을 지어 보였다. 그리고는 내 옆으로 다가오더니 내 귀에 대고 속삭였다.

"저년들은 전부 병신 같은 년들이야! 나보다 글만 잘 읽고 공부만 잘했지 아무 쓸모없는 년들이라고!"

그렇게 말하고 다시 한 번 징그러운 웃음을 나에게 보였다.

"뭐?"

나는 흠칫 놀라며 되물었다.

"나도 아빠가 살아서 돈을 멀쩡히 벌고 엄마가 공장에 나가지 않고 나랑 내 동생들을 충분히 돌봐 줬다면 저 특수반 따위는 가지 않았을 거야!"

복훈이는 여전히 능글맞은 웃음을 띠며 말했다.

"너 그렇게 말하다가 누가 듣기라도 하면 어쩌려고 해? 신고하면 또 벌금이라고! 그러면 그날 간식은 없어!"

나는 주위를 다급히 둘러보며 복훈이에게 애원하듯 말했다.

"욕? 벌금? 내가 그런 걸 무서워할 것 같아?"

나는 복훈이의 그 말에서 세상을 향한 원망과 분노를 알아차렸다. 이내 수업 시작을 알리는 종이 울렸고 선생님이 곧 들어오셨다. 복훈이는 자리로 가며 알 수 없는 웃음을 계속해서 보이며 무언가를 다짐하는 듯 나를 보며 고개를 끄덕였다. 나는 불안한 마음을 감출 수 없었다. 복훈이는 수업 시간에 분명 어떤 사고를 치려는 것 같았다.

국어 시간이었고 선생님은 곧 수업을 시작하려 했다.

"맞다! 복훈이는 특수반에서 내준 숙제가 있지요?"

선생님은 반 아이 모두 앞에서 복훈이가 특수반임을 강조했다. 교실에서는 비웃는 소리가 들렸다. 그녀는 망설임이 없었고 복훈이의 당연한 처지인 듯 반 아이 모두 앞에서 말했다. 나는 알 수 있었다. 복훈이는 나와의 대화에서 왜 그렇게도 악에 받쳐 있었는지를 말이다. 선생님이 늘 반 아이들 앞에서 자신의 처지를 낙인찍듯 말한 것과 그것을 비웃던 아이들에게 화가 나 있었던 것이다. 그 말이 떨어졌을 때 나는 재빨리 복훈이를 쳐다보았다. 아이들은 깔깔거리느라 눈치를 못 챘지만 분명히 복훈이는 화가 나 있었다.

"숙제를 했나요? 한글 맞춤법 습득하는 데는 어려움이 없어요?"

선생님은 명랑하고 쾌활하게 물었다.

"안 했습니다. 숙제!"

복훈이의 대답에는 단호함과 분노가 서려 있었다. 그리고 선생은 단박에 자기에 대한 도전으로 알아차렸다.

"당연히 해야 할 숙제를 당당하게 안 했다고 말하는군요. 숙제를 안 해도 될 만큼 자신감이 생긴 건가?"

선생님의 말은 이미 존댓말이 아니었다.

"선생님! 숙제를 매일 어렵게 해 가도 특수반에서 내가 변하는 건 없어요! 다만 숙제를 해 가면 손바닥을 얻어터질 이유가 사라질 뿐이지요! 거기서 나랑 한글 맞춤법 공부하는 애들 전부가 그렇게 생각할걸요?"

복훈이의 생각지 못한 도발에 선생이 겁 먹는 모습을 나는 보았다. 그리고 이내 자신이 복훈이로 인해 겁을 먹었다는 것을 숨기듯 화를 드러내놓고 보이기 시작했다.

"강복훈! 앞으로 나와!"

분노에 서린 목소리로 선생님은 말했다. 이내 복훈이는 망설임 없이 걸어 나갔고 선생님 앞에 서서 뒷짐을 지었다.

"나는 나를 발전시켜 주지도 않는 숙제를 하지 않는 것이 당연하다고 생각해요."

그 말에 선생은 부들부들 떨기 시작했다. 그러더니 모든 사회 지도자가 언젠가는 거짓말을 하고 약속을 망각하거나 잊어버리듯 복훈이에게 스스로의 약속을 저버리는 명령을 내렸다.

"옆 반에 가서 몽둥이 빌려 와!"

폭력은 우리 학급에 애초부터 존재하지 않을 거라 호언장담하며 선구자적인 태도를 유지하던 선생님의 약속은 20대 후반의 어린 청년의 그것과 다르지 않듯 학생으로부터 느껴지는 모멸감 앞에서 무너져 버리고 말았다. 이내 복훈이는 옆 반에서 몽둥이를 빌려왔고 선생님은 복훈이로 하여금 두 손으로 칠판을 잡게 만든 뒤 엉덩이와 허벅지를 사정없이 내려쳤다. 복훈이의 입에서는 끙! 끙! 하는 소리가 연거푸 나왔지만 그 신음 소리는 결코 항복의 소리가 아니라 저항이요 투쟁의 소리였다. 체벌이 끝나고 폭력의 열기로 학급 공기는 따뜻했으며 약속을 어긴 선생님을 마주하는 아이들의 낯선 얼굴과 스스로 약속을 지키지 못하고 분을 다스리지 못해 창피한 사람처럼 돼버린 선생님의 부끄러워하는 모습이 참 어색했다. 그리고 선생님의 분노는 분명 복훈이를 향해 있었다. 반 아이들 앞에서 자신을 초라한 어른으로 만든 원인이 된 복훈이를 미워함이 분명했다.

9

어느 날인가부터 상희가 보이지 않기 시작했다. 이제 봄이 막 지나고 더워지면서 아이들이 긴팔 소매를 걷어 입기 시작할 무렵부터 상희가 하루 이틀 그리고 그 시간이 넘도록 보이지 않았다. 어느 날 별안 간이었다. 나에게 별다른 기별 없이 갑자기 학교에 나오지 않았다. 선 생님도 아침 조례 시간에 상희는 사정이 생겨서 당분간 학교를 나오 지 않을 거라 말했고 그로 인해 밥 먹을 때 짝꿍은 중원이 한 사람으로 줄어들었다. 마음이 허전했다. 그리고 그 녀석의 비누 냄새가 그리웠 다. 딱히 대화할 사람은 중원이 빼고는 없었고 집에 같이 갈 사람이 없 었다. 꽤 긴 날들을 혼자서 무거운 바람과 무거운 가방을 지고 집으로 돌아가야 했다. 가끔은 집으로 돌아오면서 상희네 집에서 상희가 자 랑했던 시계가 생각이 났다. 그 날, 식사를 마친 후, 상희는 네모난 깡 통에서 시계를 꺼냈는데 꽤나 값어치가 나가 보이는 물건이었다.

"이게 돌아가신 아빠 유품이라고 했어! 로렉스라는 시계라고 하데."

상희가 영롱히 빛나는 시계를 보며 말했다.

"우리 삼촌이 로렉스는 엄청 비싼 거랬어!"

나도 태어나서 처음 보는 진귀한 시계에 신기해하며 상희에게 대답 을 했다.

"아빠 얼굴은 기억이 안 나고 본 적이 없기 때문에 그리움이란 것도 모르지만 그냥 가끔 꺼내 보면 자신감이 생겨!"

"그래? 그럼 평생 가지고 있어야겠다!"

상희는 좀처럼 웃는 모습을 잘 보이지 않았다. 근데 시계를 꺼내 보이는 상희는 환하게 웃고 있었다.

"너도 한번 만져 볼래?"

상희는 시계를 내 손으로 넘겼다. 시계에서 심장이 뛰는 듯 재깍거리고 박힌 보석이 밝게 빛났다. 진귀한 물건임이 틀림없었다. 그렇게 아무 생각 없이 며칠을 보낸 뒤, 겉으로는 이상적인 사회 같지만 서로의 눈치를 보며 때로는 서로를 일러바쳐야만 하는 학급 속에서 나는 상희라는 즐거움 없이 버티고 버텨야만 했다. 달라진 것이 있다면 선생님은 더 이상 아이들과 번갈아 가며 식사하지 않았다. 지희와 그 주변 아이들과만 식사를 했다. 우리 모두를 공평하게 사랑할 거라는 선생님의 약속과 다르게 선생님은 지희와 자영이와 선생님을 전심으로 잘 따르는 아이들과만 식사를 했다. 중원이와 밥을 먹다가 고개를 돌려 그쪽을 보면 참 이상적인 학생과 선생의 모습 같았다. 반은 그렇게 이상적인 것 같지만 이상적이지 않은 사회를 이루며 점점 방학이 다가왔다. 여름방학이 다가오도록 상희는 학교로 돌아오지 않았고 사내로서 그런 감정이 부끄러웠지만 상희가 그리웠다. 방학식 하는 날 나는 마음이 너무나 시원했다. 언제 고발당할지 모르고 언제 차별감을 느낄지 모르는 학급에서 당분간 해방이라는 사실이 나에게 큰 자유를 가져다주었다. 그리고 방학을 하는 날, 나는 상희네 집으로 향했다. 할아버지를 만나면 상희에 대한 소식을 들을 수 있을 것 같아서였다. 방학식이 끝난 후, 나는 걸음을 상희네로 옮겼다. 용기가 필요했고 다른 한편으로는 상희를 만날지도 모른단 생각에 설렜다. 이윽고 난 상희네 집에 도착했고 예상대로 집에는 아무도 없었다. 나는 누군가가 돌아오기를 기다리기로 했다. 초가집 마루에 앉아서 흘러가는 개천을 보며 여유로운 시간을 보냈다. 그렇게 하염없이 기다리는데 멀리서 인기척이 들렸다. 상희네 할아버지였고 오만상을 쓰시면서 파지가 가득 담긴 리어카를 힘겹게 끌고 오셨다.

"할아버지! 안녕하세요!"

나는 얼른 달려가 예의를 다해서 인사했다.

"오! 그래! 상희 녀석 친구로구나!"

용케도 할아버지는 나를 알아보시고 반갑게 맞이해 주셨다.

"할아버지! 제가 오늘 여기 온 이유는요. 궁금한 게 있어서 왔어요."

"아! 상희가 학교에서 보이지 않아 궁금해서 왔구나?"

"네! 맞아요. 상희가 혹시 어디론가 갔나요?"

나의 질문에 주름이 가득한 할아버지는 씁쓸한 표정을 보이셨다.

"데려갔어. 상희 엄마가 그 애 누나랑 같이 서울로…."

"뭐라고요?"

"밤늦게 서울에서 와서 나한테 사정사정해서 애들을 서울로 데려갔단다."

"……"

나는 그 말에 정신이 멍해져 아무 말도 할 수 없었다.

"이제 한동안 제 어미 옆에서 좋은 것도 먹고 좋은 옷도 입겠지. 그거면 된 거 아니냐?"

그렇게 말씀하시면서 할아버지는 환하기도 하지만 쓰디쓴 미소를 보이셨다. 할아버지의 말씀은 그랬다. 상희의 엄마는 결혼을 두 번이나 했는데 첫 번째는 미군이었다고 했다. 미군 사이에서 태어난 딸이 상희의 누나였으며 미군이 미국으로 떠나버리고 만난 남자 사이에서 상희가 태어났다고 하셨다. 그렇지만 그 남자는 가정이 있었고 차마

홀몸으로 아이들을 둘이나 키울 여력이 안 됐던 상희의 엄마는 상희의 외할아버지인 아버지에게 아이들을 맡기고 서울로 가서 돈을 벌어 큰 부자가 되었다고 했다. 그렇게 모든 것이 준비되었을 때 상희 엄마의 그리움은 터져버렸고 그 길로 내려와 아이들을 데려갔노라 말했다. 상희가 얼굴도 본 적이 없는 엄마를 만나 서울로 갔다는 말에 나는 기쁘기가 그지없었다. 상희의 엄마가 분명 부자가 되었다고 했으니 그 집에는 분명 냉장고도 있을 것이고 세탁기도 있을 것이며 무엇보다 가스레인지도 있을 것이 분명했다. 그리고 조금은 시간이 걸리겠지만 일반 아이들이 느끼는 엄마의 따스함도 곧 느낄 거라 생각하니 더없이 좋았다. 그리고 할아버지는 말씀하시길 이제 상희는 누나와 함께 서울에서 영원히 살 거라고 말했다. 그러기에 언젠가는 학교로 돌아와 전학 관련된 일을 마쳐야 할 거라고 했다. 결국은 상희와 영원한 작별을 하겠지만 학교로 다시 돌아오면 녀석을 볼 수 있다는 생각에 마음이 안정되었다. 그렇게 나는 상희의 소식과 함께 6학년의 여름방학을 맞이했다.

10

1993년의 여름방학은 나름대로 유쾌했다. '서태지와 아이들'이라는 가수가 새 음반을 들고 돌아왔는데 그 앨범이 공전의 히트를 기록했고 무척이나 더웠던 여름이었던 걸로 기억한다. 방학 숙제는 산더미 같았지만 하지 않았다. 가끔 읍내에 나가서 장난감 가게에 들어가 신형 장난감들을 구경하거나 아이들이 미니카로 경주하는 걸 구경하곤 했다. 그러던 어느 날 복훈이가 그곳에서 미니카 경주에 참가하는 것을 보았다. 평소 나는 복훈이에게 반감 같은 것보다는 동질감을 많이 느꼈기 때문에 다가가서 반갑게 인사했다. 나의 인사에도 복훈이는 말로만 대답할 뿐 다른 참가자들 경기에 집중하고 있었다.

"일등 하면 일제 블랙모터를 준대!"

돌아오는 복훈이의 답변이었다. 복훈이의 눈은 승부욕으로 이글이글 타올랐다. 수업 시간에 볼 수 없는 모습이었다. 복훈이도 분명 잘하는 것 한 가지가 있어야 했다. 그게 바로 미니카대회에서 우승을 거머쥐는 것이었다. 나도 대화는 잠시 접어두고 미니카 대회에 집중했다. 용호상박의 경기가 어린이들 사이에서 진행되었다. 개중에는 중학생도 있었지만 뇌가 아직은 좀 더 성성한 어린이들을 이길 수 없었다. 그리고 그 어린이들 모두를 복훈이가 이겨버렸다. 장난감 가게 주인아저씨는 나와서 시상식을 거행했고 대망의 블랙모터는 복훈이 손에 들어갔다. 모든 행사가 끝나고 나는 복훈이와 아이스크림을 들고 주변 공원으로 갔다.

"소식 들었냐?"

능글맞은 웃음으로 복훈이가 물었다.

"무슨 소식?"

"담임 임신했대!"

그 소식을 나에게 보이며 복훈이는 음흉한 웃음을 연거푸 보였다.

"넌 어떻게 알았어?"

"담임이 방학 때 친한 애들 몇 명한테 엽서를 보냈나 봐! 자기 임신했다고!"

"진짜?"

"그래! 결국 남편 놈이 안에다 싸질렀군!"

복훈이의 음흉한 웃음은 사라지지 않았다.

"싸지르다니?"

당시 나는 성에 대한 지식이 전무했기에 복훈이에게 되물을 수밖에 없었다.

"너 포르노 테이프 한 번도 안 봤냐? 난 종종 보거든. 남자랑 여자랑 하다가 어느 순간이 되면 남자 고추에서 오줌이 아닌 뭔가가 나와! 흰색인데 미술 시간에 쓰는 풀처럼 생겼어! 근데 좀 더 진한 색이야!"

"그래서?"

난 전혀 상황을 이해하지 못한 채 되물었다.

"그게 이제 여자 몸 안으로 들어가면 애기가 생기는 거다! 이 어린놈아!"

"그게 임신이라고?"

"그래! 결국 담임도 남편하고 포르노처럼 하다가 안에 싸질러서 임신이 된 거지!"

복훈이의 음흉하고 음탕한 웃음은 멈추질 않았다. 선생님의 임신 소식에 나는 기분이 묘했다. 선생님도 언젠가는 우리들과 같은 아이의 엄마가 될 거란 생각에 정말 기분이 묘했다. 나에게 드는 생각은 그런 거였다.

'선생님이 아이를 낳아서 키우면 우리에게 하듯 할까?'

라는 생각이었다. 그렇게 선생님의 임신 소식은 나에게 깊은 질문을 남기게 되었다. 할아버지의 말대로라면 상희는 지금 다니는 학교의 전학을 위해 언젠가 한번은 돌아올 거라고 하셨다. 예상하건대 그때는 방학 끝난 얼마 뒤일 것 같았다. 방학 때면 아이들은 속셈학원에 다니곤 했다. 부족한 방정식이라든가 여러 가지 보충 학습을 위해서였다. 그거야 물론 잘 사는 집 아이들 이야기였고 나는 방학 때 TV에서 해주는 납량특집 드라마나 고물상에서 주워 온 만화책을 보며 시간을 보냈다. 그렇게 방학 시간을 하릴없이 보낼 무렵 담임선생님에게 엽서가 왔다. 반갑지 않았다. 그녀가 장악하고 건설한 세상은 정말 나에게 무거웠기 때문이었다. 나와 친밀감이 없던 선생님은 그곳에 친밀감을 억지로 표현한 테가 많이 났다. 그리고 임신 소식도 기록되어 있었다. 궁금했다. 과연 우리가 그녀의 세상을 힘겹게 떠받들고 있다는 것을 알고 있을지 말이다. 그러한 날들이 여름을 지나고 아직도 한참 남았다고 생각하니 속이 아려왔다. 여름은 무척이나 더워서 지금의 거실 역할을 하는 마루에서 잠을 청하곤 했다. 모기향에 불을 붙이고 모기장을 집 문에 끼워 넣고 잠을 잤다. 모기향이 주는 따뜻하고 씁쓸한 냄새가 나쁘지 않았다. 그렇게 곤히 잠이 들 때면 그 안락함이 참 좋았다. 교실 안처럼 긴장하며 살얼음을 걷는 듯한 느낌을 받지 않아도 되서였다. 그러다가도 때때로 정신이 번쩍 들곤 했는데 다시 학교로 돌아갈 날이 가까워 올수록 그랬다. 개학이 다가올 때 즈음 나는 미루어놨던 일기를 몰아서 쓰고 독후감이나 소감문 같은 것들을 대량으로 써내느라고 고생을 했다. 이건 아마 복훈이도 마찬가지였을 테고 상희도 마찬가지였을 테고 그나마 중원이 같은 애들이 규칙적으로 방학 숙제를 했을 것이다. 며칠에 몰아서 방학 숙제를 끝내고 개학하는 날 그것들을 가지고 학교로 향했다. 교실 안에 들어섰지만 반가운 애들은 한 명도 없었다. 있어도 그만 없어도 그만인 그런 아이들이 교실에 잔뜩 있었다. 이윽고 선생님도 교실로 들어왔다. 단발로 자른 머리에 배가 약간 불러있었다. 참 행복하고도 싱그러운 미소였다. 우리를 향한 그녀의 얼굴을 보며 나는 불안감이 엄습하기 시작했다. 스스로의 만족을 위한 왕국이 이곳에 곤고히 건설해 갈수록 나는 죽어나가겠구나! 라는 생각이 뇌리에서 사라지지 않았다. 선생님이 방학이 끝나고 학급으로 돌아와서 한 일은 자신의 임신 사실을 알리는 것이 우선이었고 일부 충성된 아이들의 축하와 담임 눈 밖에 나면 불이익이 있을 것을 안 나머지 아이들의 억지 축하를 받는 일이었다. 분위기가 열렬했다. 북한의 전당대회를 보는 것처럼 말이다. 다음으로 선생님이 한 일은 벌금이 얼마나 모여 있는가 확인하는 것이었다. 그 돈으로 2학기 학급 미화를 해야 했기 때문이다. 학급미화를 자처하는 아이들은 선생님의 총애를 받는 지희 일당과 선생님 눈 밖에 나지 않고자 노력하는 아이들이었다. 나는 궁금했다. 선생님의 마음속에서 아마도 나는 미움의 공간에 더 가까울 거라 생각했다. 그렇지만 이내 내가 선생님의 완전한 미움의 공간으로 들어가 버리는 일이 생기고 말았다. 개학을 하고 맞이하는 첫 미술 시간이었다. 찰흙으로 만들기를 하는 시간이었는데 난 찰흙을 두 덩이만 준비해 왔다. 그리고 지희는 찰흙을 열 덩이가 넘게 마련해 와서 흡사 로마 시대 흉상을 만들 듯 작업을 했다. 마치 미대생처럼 말이다. 그리고 다들 한참 만들기에 몰입할 무렵 나는 주위를 두리번거리다 건너편에 앉은 복훈이를 보게 되었다. 복훈이와 나와의 거리는 매우 가까웠고 나는 무언가를 열심히 만드는 그 아이 모습을 보았다. 매우 집중력이 있었고 명품을 만드는 장인처럼 심혈을 기울이는 모습이었다. 평소에 그 아이 같지 않았다. 이윽고 그 아이가 만드는 미술품의 형상이 드러났는데 그건 바로 고대 유물처럼 생긴 풍성한 모양을 한 임신한 여인의 형상이었다. 그리고는 그 녀석은 나의 시선을 느꼈는지 나를 뒤돌아보며 음흉하게 웃기 시작했다. 순간 나는 알아차렸다. 그 녀석이 만든 임신한 여인의 형상이 선생님을 의미한다는 것을 말이다. 또한 그 녀석의 음흉한 웃음이 어떤 행동을 예고하는지 나는 알 수 있었다. 나의 짐작이 정확할 것이라는 사실에 소름이 돋았다. 복훈이는 나를 향해 윙크를 한 번 날리며 주먹을 쥐고 임신한 창작물의 배를 내리쳤다. 이윽고 그 창작품은 흉측하게 찌그러졌고 복훈이는 그 점토들을 손아귀로 넣고 찌그러뜨렸다. 복훈이의 얼굴에는 웃음이 가득했고 해맑았으며 천진난만했다. 나도 그 모습이 어찌나 어이가 없던지 혹은 감정적 실금이었는지도 모르겠다. 같이 웃어버렸다. 그리고 우리의 그런 모습을 선생님은 처음부터 끝까지 지켜보고 있었다. 우릴 지켜보고 있는 선생님의 얼굴은 빨갛게 달아올랐고 흡사 스페인 투우에서나 볼 법한 들숨과 날숨을 씩씩거리며 쉬었다.

"복훈이랑 장훈이 앞으로 나와!"

선생님의 불호령이 떨어졌다. 의자를 끼익하고 뒤로 밀며 나와 복
훈이는 앞으로 나갔다. 선생님은 평소 우리를 가르칠 때 쓰던 지휘봉
과 볼펜이 겸해진 것으로 나와 복훈이의 손바닥을 분이 풀릴 때까지
내리쳤다. 우리 손에서는 불이 났고 나 같은 경우는 웃기만 했기 때문
에 너무나도 억울했다. 결국 복훈이를 내려치던 지휘봉은 부러지고
말았다.

"너희를 때리다 부러진 거니까! 너희 둘이 다시 사 와!"

나는 그날 보았다. 선생님이 추구하는 이상적 사상은 선생님의 인
격과 아주 상이하다는 걸 말이다. 합당하지도 않았고 정당하지도 않
았다. 그냥 20대 후반의 철없는 아가씨였다. 그러나 여전히 충격이었
던 것은 고개를 숙인 채 웃고 있는 복훈이였다. 고개를 숙여서 반성하
는 것 같았지만 곁눈질로 본 복훈이는 손바닥에서 불이 나는데도 입
가에 미소가 만연했다. 아마도 선생님에게 무언가를 한 방 먹였다는
사실이 복훈이의 마음을 시원하게 했을 거라는 생각이 들었다. 이전
에도 짐작은 했지만 복훈이의 반사회적 감각을 나는 확실하게 볼 수
있었다. 그렇게 체벌이 있고 난 뒤, 나와 복훈이는 삼천 원이라는 큰

돈을 마련하기 위해 고군분투해야만 했다. 한동안은 선생님의 지시를 애써 무시하며 지내보려 했지만 선생님은 수업 시간마다 우리를 질책하곤 했다.

"너희들이 부러뜨린 지휘봉이 없으니까 수업 진행이 어렵잖니? 얼른 안 사 오니?"

그 말에 선생님 눈 밖에 나는 것을 두려워한 아이들과 충성을 맹세한 아이들이 우리에게 야유를 보냈다. 그 아이들의 야유는 나를 위축시켰고 분명 선생님의 지시는 합당하지 않음에도 따라야만 한다는 강박감 같은 것이 생겼다. 결국 나는 간식비를 일주일 이상 모아서 천오백 원을 마련했고 복훈이는 우유 값을 받는다는 거짓 명목으로 오천 원을 마련해서 겨우겨우 지휘봉 볼펜을 선생님에게 사다가 바쳤다. 그것을 우리 손에서 낚아채던 선생님의 얼굴에서는 어떤 미안함이나 고마움이라고는 찾아볼 수 없었다. 그녀가 학급을 이상적으로 끌고 가겠다는 다짐과 다르게 나는 교실이 불편했고 무거웠다. 그건 복훈이도 마찬가지였을 테고 상희도 그랬을 것이며 중원이도… 또 선생님 눈 밖에 나지 않고자 벼랑에서 매달리는 심정으로 살아가는 아이들도 마찬가지였을 것이다. 다만 복훈이가 그런 파괴적인 행동을 시원하게 한 뒤, 선생님이 우리를 불러 대화를 하거나 마음속 이야기를 들어서 뭔가 쓴 마음들을 발견하고 치유하려 했다면 선생님이 말한 이상적 학급은 좀 더 쉽게 완성을 향해 한 발짝 나아갔을지도 모른다. 그 일이후로 나는 복훈이와 점심을 같이 먹었다. 중원이와 복훈이 그렇게 나까지 셋이서 점심 식사를 같이했다. 복훈이의 반찬에 내심 비엔나 소시지가 있기를 기대했지만 나물 같은 것이나 볶음 김치 같은 것들 이었다. 하지만 맛은 일품이었다. 그렇게 나는 점심시간을 통해 복훈 이에 대한 경계심을 풀어갔다. 복훈이는 벌금 200원을 내는 게 일상 이었다. 아까워하지도 않았고 늘 할 일을 한다는 식으로 여자애들에 게 욕을 내지르곤 자영이에게 다가가 200원을 헌납했다. 복훈이는 나 에게 있어서 무법자였다. 한 가지 2학기가 되고 한 가지 더욱 고착화 된 것이 있다면 앞서 말한 바와 같이 선생님은 더 이상 아이들 무리와 돌아가며 식사를 하지 않았다는 것이다. 1학기 때처럼 말이다. 안정되 고 정갈한 지희와 그의 무리 그리고 자영이하고만 식사를 했다. 그쪽 반찬이 가장 좋았고 맛있었으며 점심 식사다운 점심 식사라서 그랬 을 것이다. 이상적 학급을 만들기로 다짐했던 선생님은 서서히 타성 에 젖어갔다. 그렇게 2학기가 시작되면서 짝꿍을 바꾸며 또 여러 불평 이 쏟아져 나왔다. 나는 물론 바라는 게 없었기 때문에 복훈이와 짝이 되었고 그 아이의 정신세계를 가까이서 탐구하는 진귀한 시간을 마련 하게 되었다. 문제는 다른 아이들이었다. 원하지 않는 친구들과 짝꿍 이 된 아이들은 웅성거리며 불만을 서로에게 표했다. 한 가지 특이한 점이 있었다면 나와 복훈이가 유일한 남과 남의 짝꿍이었다는 것이다. 다른 아이들에게는 짝꿍을 고를 수 있는 특권을 주었지만 선생님의 특별 명령으로 나와 복훈이는 강제로 짝이 되었다. 불만이 있는 아이들은 대체적으로 원하는 짝을 차지하지 못했을 때 표출되었다. 짝꿍 구성은 집안 수준이나 지적 수준 그리고 외모 같은 것들이 보암직한 애들이 서로 짝을 이루었고 그들은 만족하며 자신의 학급이 꽤나 민주적이라는 생각을 했다. 그렇지만 소위 말하는 잘난 아이들과 짝을 이루고 싶어 했던 잘나지 못한 아이들은 웅성이며 불만을 표했다. 그렇게 2학기의 짝꿍 배정이 끝났다. 그 광경을 복훈이는 교실 맨 뒤 즉 내 옆에 앉아 어이없는 웃음을 띠며 바라보았다.

"아주 연놈들이 끼리끼리 모여서 짝을 맺었구먼!"

나는 복훈이의 말뜻이 뭔지 알 것 같았다. 복훈이 눈에도 선생님은 의도했는지 안 했는지 모르지만 무리들을 가르고 있었고 계급을 나누었으며 선생님 자신에게 충성할 무리와 그러지 못할 무리를 나누고 있었다. 충성을 포기한 아이도 있었고 하층 계급이 되어 선생님 눈에 들어서 상층 그 어디쯤으로 올라가고 싶은 아이들도 있었다. 2학기에도 여전히 하루가 끝나면 우리들은 어깨동무를 하며 대학생들이 데모할 적에 부르는 노래를 불렀다. 마음속에서 우러나 노래하는 아이들은 거의 없었다. 다만 그 공동의 행사에 참여하지 않으면 무리에서 낙오되며 변절자로 낙인찍힌다는 사실이 두려워 최선을 다할 뿐이었다.

그렇게 2학기가 시작되고 며칠이 지났을 무렵에 상희가 돌아왔다. 교실 입구에서 머뭇거리다 엄마와 함께 들어온 상희는 이전 모습과 많이 달랐다. 때에 절어버린 지저분한 모습은 온데간데없었고 깨끗하고 빛이 났다. 표정도 한층 밝아 보였다. 아마도 긴 시간은 아니지만 엄마의 사랑을 먹어서 그럴 것이라 생각되었다. 상희는 말했다. 그리 멀지 않은 시간 후에 전학을 갈 것이며 그때까지만이라도 잘 지내보자고 아이들에게 말했다. 수업이 끝나고 나는 상희에게 곧장 달려갔다. 녀석의 몸에서는 섬유유연제 냄새가 났다. 낯설었다.

"어떻게 지낸 거야? 서울에 있었어?"

상희는 나의 말에 고개를 끄덕였다.

"서울에 사람들 무지 많아! 사람에 치어 죽을 뻔했어!"

상희는 천진난만하게 웃으며 촌티를 벗지 못한 채 말했다.

"그러면 학교는 안 갔을 텐데 공부는 뭐로 했어?"

"나? 속셈학원 다녔어! 매일 매일! 나 이제 산수 엄청 잘해!"

상희의 눈에서는 자신감의 빛이 번쩍였다. 전에 알던 상희 같지 않았다. 상희 안에는 내가 동질감을 느낄 수 있는 슬픔과 어둠이 있었는데 이제는 그것이 많이 희석된 것 같았다. 한편으로는 아쉽기도 했고 한편으로는 친구의 행복이 나의 행복이 되었다.

11

나는 산수에 대한 어려움이 많았다. 이유인즉 1학년 때 여자였던 노년의 선생님이 제대로 정답을 말하지 못하면 굵은 몽둥이로 고사리 같은 나의 손을 사정없이 내려쳤기 때문이었다. 그래서 언제부터인가 계산식 앞에만 서면 두려워서 벌벌 떨기가 일쑤였다. 그리고 그 상처는 오래도록 나를 지배했다. 고학년이 돼서도 마찬가지였다. 함수나 방정식 같은 것은 여전히 나에게 미지의 세계였다. 그리고 그동안 만나왔던 많은 담임선생님은 그 무지의 대가로 폭력을 선사하곤 했다. 그것은 상희에게도 마찬가지였다. 1학기 때의 상희는 쪽지 시험이나 중간고사를 보면 간신히 10점대를 넘기거나 한 자리 수 점수를 기록하곤 했다. 그랬던 상희가 약 60여 일 동안 서울에서 지내면서 자신은 환골탈태를 했노라고 나에게 말했다. 2학기 산수 시간 중 쪽지 시험을 봤는데 만점은 정확히 셋이었다. 첫 번째가 지희였고 두 번째가 중원이었으며 세 번째가 상희였다. 선생님은 채점을 하고 나서 꽤 심각한 표정을 지었던 것으로 기억된다.

"상희가 만점을 맞았네?"

선생님의 의심어린 질문에 상희는 어리둥절한 표정을 지었다. 그리고 그런 상희를 의심하는 선생님이 나는 기분 나빴지만 상희는 아닌 것 같았다.

"어떻게 상희가 만점을 맞은 거지? 해명을 좀 해 줄 수 있니?"

의심이 가득한 어투로 선생님은 상희에게 물었다.

"엄마랑 지내는 동안 일요일 빼고 매일 속셈학원에 갔어요!"

"그랬다고 하더라도 만점은 납득이 잘 안 되는구나!"

"제가 다 풀어낸 문제들이 맞아요."

상희는 자신감이 쏙 빠진 채로 이야기했다. 상희의 그 말에 선생님은 화가 난 듯한 얼굴로 한동안 상희를 물끄러미 쳐다보았다. 그리고는 자신의 책상으로 가서 서랍 깊은 곳에서 문제집을 꺼내 뒤적거리다 분필을 들고 칠판에 산수 문제를 적기 시작했다. 방정식과 함수 문제였고 다섯 문제 정도였다. 나는 산수를 잘 몰랐으니 그 문제가 어려운지 어렵지 않은지 알 수가 없었다. 다만 지희와 중원이 표정을 보니 그들은 뚫어지게 칠판을 바라보고 있었다.

"나와서 풀어 봐! 네 말을 증명해 봐!"

선생님 말에는 벌처럼 쏘는 감정이 다분했다. 그리고 그 말에 상희는 지레 겁 먹고 몸이 굳어져 버렸다. 그런 상희의 모습에 선생님은 자신의 예상이 적중했다는 듯 상희를 다그치기 시작했다. 그 말에 상희는 움츠러든 몸과 마음으로 천천히 자리에서 일어나 칠판 앞으로 갔다. 그리고는 떨리는 손으로 분필을 집어 들고 문제를 한 번 쳐다본 뒤, 분필을 칠판에 끄적거리기 시작했다. 그러더니 이내 속도가 붙었고 거침없이 문제를 풀기 시작했다. 그런 저돌적인 상희의 모습을 나는 처음 보았다. 상희의 그런 행동에 교실은 술렁이기 시작했고 선생님은 당황하는 표정을 짓기 시작했다. 다섯 문제를 푸는 데 채 5분이 걸리지 않았다. 그리고는 상희는 분필을 내려놓고 그 자리에 서서 다시 겁을 먹고 쭈뼛거리며 서 있었다. 선생님 또한 당황한 듯 멀거니 서 있다가 칠판을 유심히 둘러본 후 문제집의 답안지 면을 펴고 답을 맞춰 보기 시작했다. 전부 정답이었다. 나는 순간 선생님의 표정을 보았다. 나뿐 아니라 모든 아이들이 선생님의 표정을 보았다. 자신 스스로가 아이들 앞에서 자신이 한 행동에 대해서 능욕과 수치를 당해 어쩔 줄 몰라 하는 표정이었다. 그리고 나는 알 수 있었다. 언젠가는 그 자신이 만든 수모에 대해 반드시 갚아주고 말리라는 20대 후반의 여자 청년의 다짐을 말이다. 그 다짐을 선생님의 표정에서 나는 보고야 말았다.

"어떻게 푼 거야?"

수업이 끝나고 돌아오는 길에 나는 상희에게 물었다.

"말했잖아! 서울에 있는 동안 속셈학원 일요일 빼고 매일 갔다고!"

"진짜 도움이 돼?"

"속셈학원 선생님이 자신감을 막 주니까! 나도 되더라고! 그리고 산수가 재밌어졌어!"

"너 구구단도 가물가물했잖아?"

"그랬지! 근데 서울에 있는 동안에는 산수만 계속했어! 구구단부터 말이다."

"나도 산수 좀 알려 줘! 나도 너처럼 되고 싶어!"

"그럴까? 그렇지만 며칠 후에 난 전학을 가잖아! 시간이 충분한지 모르겠다."

"지금은 어디서 지내?"

"웅! 할아버지 집이지! 엄마는 서울에 가서서 나랑 누나가 서울에 사는 거 마무리 지으실 거야!"

상희는 원래 살던 집에 돌아와서 너무 좋다고 했다. 당분간이었지만 시간 시간이 소중했고 할아버지 집에서 곧 떠난다는 것이 아쉽다고도 말했다. 그렇게 짧은 시간이지만 나와 상희와 복훈이와 중원이는 도시락을 같이 먹곤 했다. 그런 우리를 우습게 보는 아이는 진운이였다. 진운이는 볼품없는 것들을 미워했다. 다른 반에 지적 능력이 떨어지는 아이들이나 특수반 아이들을 괴롭히기도 했고 그 아이들을 울게 만들고 나서 행복한 웃음을 보이기도 했다. 아마도 우리 식사 무리에 중원이가 없었다면 진운이는 우리 무리도 업신여겼을 것이다. 다행히 정의와 의리의 어린이 중원이가 자리를 지키고 있었기 때문에 우리를 업신여기는 행동은 하지 않았다. 다만 언제가 그런 행동을 할 틈을 노리고 있을 뿐이었다. 진운이는 마음에 죽이 맞는 아이들을 모아 험담하기도 했다. 외모라든가 발육기 아이들 몸의 모양을 가지고 키득거리며 자세한 묘사를 하곤 했다. 왜였는지는 모르지만 지희에게는 공룡이라고 몰래 말하고 다녔다. 아마도 얼굴이 볼록해서 공룡이라고 말하는 것 같았다. 그리고 그 말은 곧바로 지희의 귓속으로 들어갔다.

"야! 박진운! 네가 나한테 공룡이라고 했어?"

지희가 앙칼지게 진운이에게 물었다.

"누구한테 들었어?"

"그건 알 거 없고! 너 나를 모욕하는 말을 했어! 자영이한테 고발할 거니까 벌금 내!"

"내가 왜?"

"네가 나한테 모욕하는 말을 했잖아! 공룡이라고!"

"너 보는 데서 하지는 않았어! 그러니 직접적인 모욕은 아니지!"

"너 참 부도덕하구나! 아주 안하무인이야!"

지희는 화가 오르자 눈물까지 그렁거릴 기세였다. 그리고 진운이 얼굴에서는 음흉한 웃음이 장전되었고 마음속에서는 지희에게 카운터 펀치를 날릴 말을 준비하는 듯했다.

"지금 부도덕이라고 했냐?"

"그래! 넌 완전히 악한 녀석이야!"

"악?"

"그래!"

정적이 흘렀다. 그리고 깊은 숨을 내쉬는 진운이가 보였다.

"지희야! 지금 네가 입고 있는 옷과 신발, 가방, 학용품, 최고로 비싼 것만 쓰지?"

진운이의 그 말에 지희는 의아해하며 눈을 찡그렸다.

"집에서 밥도 최고급 반찬이랑만 먹을 테고 선생님에게 바칠 도시락 반찬도 최고급으로만 가져올 테지! 맞지?"

"그런데, 그게 뭐?"

"너희 부모님은 분명 최고급 승용차를 운전하실 거야! 두 분 다 의사 니까!"

진운이의 표정이 점점 일그러졌다. 지희는 진운이의 그런 말에 점점 주눅이 들기 시작했다.

"그러니까! 우리 집안 이야기는 왜 하냐고?"

겁에 질린 지희가 사력을 다해 반문했다.

"그런데 말이야! 진짜 부도덕한 건 너희 엄마 병원이야! 산부인과랬지? 그리고 병원의 많은 부분의 수익이 낙태 수술로 버는 거라며? 시내에 소문이 자자해! 그리고 그렇게 번 돈으로 너의 고급 옷과 학용품,

신발, 선생님한테 바치는 반찬! 너의 부모님 고급 자동차를 굴리는 데 사용되겠지!"

진운이의 그 말에 교실에는 싸늘한 정적이 흘렀다. 참으로 싸늘한 정적이었다. 그리고 이내 지희는 주저앉았고 어깨와 머리를 들썩거리며 울기 시작했다. 곧 수업을 시작하는 종이 울렸고 선생님이 들어왔다. 선생님이 오도록 지희는 자리로 돌아가지 않고 울기를 계속했다. 선생님이 들어온 걸 인식했는지 더욱 크게 소리 내어 울기 시작했다. 들어오며 걷는 선생님의 시선은 주저앉아있는 지희를 향해 있었고 정적이 흐르는 교실을 두리번거렸다.

"무슨 일이 있었던 거지?"

선생님의 물음에 아이들은 대답할 수 없었다.

"지희는 왜 우는 거니?"

선생님의 질문에 지희는 스스로 수치스러운지 아무 말도 하지 못했다.

"누가 지희를 울게 만들었지? 누구랑 싸움이 있었던 거야?"

선생님의 말에 교실에는 찬 공기가 돌았다. 선생님은 그 어느 때보다 날이 서 있었고 살기에 가까운 태도를 취하고 있었다.

"누구냐고?"

버럭 하며 소리를 내질렀다. 그 말에 진운이의 팔이 느리게 올라갔다. 진운이는 겁에 잔뜩 질려 있었다. 진운이 스스로 자수를 하자 지희가 울음을 그치고 벌떡 일어났다.

"선생님! 진운이가 저에게 상처 주는 말을 했어요! 저더러 공룡같이 생겼다는 말을 했고요. 우리 엄마가 낙태해서 번 돈으로 제 모든 것을 사고 선생님이랑 먹는 반찬도 산다고 했어요."

지희의 그 말에 선생님의 입가가 파르르 떨렸다. 아이들은 진운이의 모습을 살폈고 진운이는 겁에 질려 사시나무 떨듯 떨었다.

"진운이는 앞으로 나와!"

그 말에 진운이가 의자를 뒤로 밀며 일어나 앞으로 나갔다. 그리고 교탁 앞으로 걸어 나갔다.

"지희에게 우선 사과해!"

그 말이 떨어지기 무섭게 진운이는 겁에 질린 목소리로 지희에게 미안하다고 말했다. 하지만 지희의 떨리는 몸은 멈출 줄 몰랐다. 나는 이 상황 가운데 선생님을 유심히 보며 그녀가 어떠한 행동을 취해야 할지 잘 모르고 있으며 또한 내적 갈등을 하고 있다는 것을 알 수 있었다. 진운이의 행동은 분명 처벌해야 할 잘못이 맞지만 진운이의 지희를 향한 말 속에는 자신의 치부 아닌 치부도 들어 있었기 때문에 난처해하는 것 같았다. 선생님 스스로가 사랑하는 아이들만 사랑한다는 것을 진운이가 지적했고 그녀의 머릿속에서는 그 사실을 반 아이들이 전부 알고 있을 거란 사실이 그녀를 난처하게 했다. 그리고 그런 난처한 감정을 드러낼 수는 없지만 그녀를 분노하게 만들기에 충분했고 그 분노는 당연히 진운이를 향해 있었다.

"옆 반에 가서 몽둥이 빌려 와!"

진운이는 머뭇거렸다. 그렇게 함으로써 선생님은 학기 초 폭력 없는 이상적 사회를 건설하겠다는 약속을 스스로 어기고자 했다. 다시 한 번 말이다. 선생님의 말에 진운이는 옆 반에 가서 커다란 몽둥이를 빌려왔고 그러한 가시적이며 직접적인 폭력을 행사하는 선생님을 우리 반 아이들 모두는 불편한 감정을 끌어안은 채 보게 되었다. 그 시절 분풀이와 체벌의 구분이 모호했던 선생님들의 모습이 대부분이었다. 우리 모두는 알았다. 그날 진운이를 몽둥이로 사정없이 내리치던 선생님의 모습은 체벌이 아니라 분풀이였다. 결국 진운이는 울음을 터뜨리고 말았다. 체벌이 다 끝나고 그런 자신의 모습을 아이들에게 보였다는 것이 부끄러웠는지 선생님의 표정에서는 수치심이 가득했다. 그리고 그 수치심의 원인을 진운이에게 돌리며 원망하는 시선도 다분했다. 험악해진 분위기를 20대 후반의 여선생은 어떻게 다스려야 할 줄 몰랐다. 그러더니 이내 억지웃음을 보이며 지난 시간에 어디까지 했냐는 질문으로 상황을 모면했다. 그녀의 입장에서 아마 감당하기 힘든 상황이었을 것이다. 그날 모든 수업이 끝난 뒤, 선생님은 우리들을 집으로 돌려보내지 않고 자신은 여전히 민주적인 사회를 지향하는 것을 보이기 위해 설문조사 같은 것을 했다. 아이들에게 백지 한 장씩 나누어 주면서 선생님이 학급을 운영하는 데 있어서 건의 사항이나 개선점 혹은 칭찬, 불만 등을 적어서 내라고 했다. 선생님은 이름을 적지 말라고 했고 그런 행동을 통해 자신의 추락해버린 이미지를 개선하고자 하는 것 같았다.

"저는 여러분을 위해서 학급을 정말 민주적으로 이끌고 싶었어요. 제가 대학생 때부터 꿈꾸던 일이에요. 근데 저도 실수를 하네요."

선생님이 자신의 실패를 인정하는 모습은 상당히 수치스러워 보였다. 그것도 자신보다 많이 어린 학생들 앞에서 20대 후반의 여자가 그런 모습을 보이기란 쉽지 않았을 것이다.

"이제부터 제가 나누어 준 종이에 여러분의 마음을 담아서 써주세요.

불평도 좋고 칭찬도 좋습니다. 학급에 대한 전반적인 평가를 하는 거예요. 자! 어서 적으세요!"

그 말이 끝나자 아이들은 술렁이기도 했고 머뭇거리기도 했다. 그렇지만 이내 교실 안 소리는 연필이 또각거리는 소리로 채워지기 시작했다. 교실을 둘러보니 집중해서 적는 아이들도 있었고 아무것도 기대하지 않는 듯 대충 쓰는 아이들도 있었다. 내 짝꿍인 복훈이의 종이를 보니 복훈이는 그곳에다가 그림을 그리고 있었다. 그 그림이 의미하는 바는 아무것도 바랄 것도 기대할 것도 주장할 것도 없는 것을 의미하는 것 같았다. 선생님은 무엇을 바라기에 그런 것들을 적게 했을까? 라는 의문이 들었다. 스스로 칭찬이 듣고 싶었는지 아니면 정말로 철저한 자기반성을 하고 싶었는지 나는 알 수가 없었다. 20여 분의 시간이 지나고 종이는 모두 선생님에게로 갔고 선생님은 종이를 하나하나 읽기 시작했다. 이내 선생님의 안색은 어두워졌고 더 나아가 굳어지기 시작했다.

"여러분의 생각이 그랬군요?"

용기 있게 입을 떼며 말한 그녀의 첫마디였다. 어느 아이가 적었는지 모르지만 선생님은 불만의 내용을 읽어 내려가기 시작했다. 그 내용은 선생님은 항상 민주와 공평과 평등을 말하면서 왜 부잣집 아이들과만 밥을 먹고 처음의 약속과 달리 모두와 식사를 하지 않냐며 서운을 표하는 글이었다.

"너희도 알다시피 내가 임신 중이잖니? 지희의 어머니는 산부인과 의사시고. 그래서 지희의 어머니가 나를 특별히 더 챙기셨어! 그래서 그 호의를 거절할 수가 없었단다."

선생님 스스로도 그 변명이 아주 궁색하다는 것을 알고 있었다. 반성이나 사과의 말은 전혀 없었으며 자기 학생에게 허를 찔린 것 같아 불쾌해하는 모습도 보였다. 그리고는 하는 말이 출산 때까지만 지희의 무리와 식사하겠노라고 말했다. 다음으로 읽었던 글은 우리가 배우는 노래에 대한 것이었다. 어떤 아이가 쓴 글인지는 모르지만 자신은 선생님이 대학생 형들이 부르는 노래를 억지로 부르게 하는 것에 대해서 무거운 짐을 지고 있는 기분이라고 말했다. 우리는 아직 어른이 아닌데 왜 어른들이 부르는 노래를 억지로 하루에 한 번씩 불러야 하냐며 원성을 쏟아내고 있었다.

"이런 불만도 있었군요. 이해합니다. 앞으로 노래를 부르는 건 매일 부르는 것에서 일주일에 두 번 정도로 줄여 볼게요. 그렇다고 아예 부르지 않는 것은 여러분을 향한 저의 교육 의지를 꺾는 것이기 때문에 이 정도로 하는 것이 적당하다 판단됩니다."

연이어 불만의 글을 두 개나 아이들 앞에서 읽자 선생님은 매우 불안해했다. 나이 어린 학생들 앞에서 아이들의 본심이 드러나 자신이 발가벗겨지는 느낌이 들었지만 그래도 자신은 괜찮은 선생님이란 끈을 놓지 않기 위해 꽤나 애쓰는 모습이 보였다. 약간 볼록한 배를 보이며 다음 글을 읽어가는 선생님이 측은해 보이기까지 했다. 다음 종이를 선생님은 한참을 바라본 뒤에야 내용을 말해줬다.

"일부 학생들은 벌금 제도를 싫어하는군요. 간식비 200원을 잃는 기분은 참으로 상실감이 크다고 느껴집니다. 그리고 잔인하다고도 쓰여 있네요."

나는 그 글을 쓴 학생이 누군지 알 것 같았다. 아마도 중원이였을 것이다. 실로 그러했다. 선생님이 우리의 언행을 고치고자 욕설을 사용하면 서로의 고발을 통해 200원의 벌금을 내게 하는 방법은 잔인하기 그지없었다. 그 방법이 시행된 것이 좋은 취지였을는지 몰라도 우리는 서로가 서로를 감시하며 고발하고 때로는 그 고발이 보복이나 부정적인 감정의 표출수단으로 전락해 버려서 그 법이 있는 나의 학급은 늘 살얼음을 걷는 기분이었다. 더 나아가 우리는 필요 이상으로 친해질 수 없었다. 친해지면 서로 친밀한 욕이 오고 가기 마련인데 서로가 서로를 감시하고 고발하다 보니 우리는 정서가 경직되는 것을 느끼곤 했다. 더욱이 선생님의 총애를 받는 기득권 아이들이 자신보다 아래에 있다고 여겨지는 아이들에게 골탕 먹이거나 괴롭힐 때 사용되는 용도로 그 제도는 전락하고 말았다.

"그렇지만 저는 이 제도를 철폐할 생각이 전혀 없습니다. 여러분은 나이에 맞는 올바른 언어습관을 가져야 해요. 제가 그걸 돕고자 이 제도만은 유지시킬 겁니다. 여러분은 경각심을 가져야 해요. 전 여러분에게 반드시 좋은 언어습관을 가르치고 말 겁니다."

그녀가 알았는지 몰랐는지는 나로서는 알 수가 없었다. 서로를 고발하는 제도가 선생님이 자신의 왕국을 건설하는 데 막강한 재료였음에는 틀림이 없었다. 그 고발제도는 아이들 간의 계급을 만들었고 묘한 상황을 만들어 꼴 보기 싫은 아이들을 벌금의 희생양으로 삼을 수 있는 제도였다. 아이들은 뭉칠 수 없었고 200원이라는 거금 때문에 자유를 누릴 수도 없었다.

선생님은 우리들이 작성한 종이를 이것저것 훑어보다가 마지막으로 한 장 읽기 시작했다. 그 내용은 절대로 폭력은 사용하지 않을 거란 선생님은 왜 결국에는 폭력을 사용하고 말았는지 알고 싶다는 내용이었다. 선생님이 난처해하는 모습이 역력했다.

"여러분은 폭력이라고 해석하셨군요. 그렇죠. 그럴 수 있어요. 물리력을 사용했으니까!
하지만 정말 어쩔 수 없었습니다. 법에는 강제성이 있다는 것을 여러분도 배워서 알 거예요! 그 강제성이 없다면 세상은 무법천지가 될 겁니다. 특별히 제가 그 강제성을 실현했다고 여러분이 생각해 주면 안 될까요?"

"맞아요! 선생님! 선생님은 정당하셨어요!"

선생님의 변명을 듣고 난 지희가 말이 끝나기 무섭게 외쳤다. 그리고 선생님의 총애 안에 있는 아이들은 모든 아이들이 보는 데서 자기는 학급의 만족스러운 부분만 썼다며 목소리 높여 이야기했다. 거짓말이었을 것이다. 그들도 긴장과 어려움을 느끼지만 선생님의 총애 밖으로 밀려난다는 것이 두려워 그렇게 말했을 것이다. 그리고 그렇게 선생님은 우리의 솔직한 마음을 들여다보고 학급을 향한 자성의 소리를 그렇게 마무리지었다. 총애를 받지 못하는 대부분의 아이들이 듣고 싶었던 말은 선생님의 진심어린 사과였을 것이다. 그렇지만 그날 일은 선생님의 자존심에 큰 상처를 냈고 앞으로 있을 폭정에 더욱더 기름 붓는 사건이 되고야 말았다. 그녀가 원했던 것은 무조건적인 칭찬이었을 테지만 무기명이라는 민주적인 방법에 의탁해 아이들은 용기 있게 목소리를 내었다.

12

상희가 내가 사는 고장을 떠날 날이 며칠 남지 않은 상황이었다. 상희가 없는 동안 나는 복훈이와 많이 친해졌고 도시락을 같이 먹는 사람은 나와 상희 그리고 복훈이 거기다 중원이까지 넷으로 늘었다. 며칠이 지나면 더 이상 상희네 맛있는 김치를 먹을 수 없다는 사실이 서운했지만 새로운 식구인 복훈이의 반찬도 감칠맛이 났다. 선생님의 해명이 있은 후, 학급은 여전히 경직되어 있었다. 속마음을 용기 내서 드러낸 아이들은 학급이 조그마한 변화라도 있을 거라 기대했지만 일주일에 대학생 형들이 부르는 노래를 두 번 정도 줄이는 것 빼고는 달라진 것이 없었다. 그리고 아이들은 자신들의 속마음을 알아버린 선생님의 눈 밖에 나지 않기 위해 더욱더 발악하는 삶을 살 수밖에 없었다.

"넌 담임에 대해 어떻게 생각하나?"

나와 하교 길을 걷던 복훈이가 물었다. 해는 이미 저녁을 향해 가고 있었다. 날에 어울리게 선선한 바람이 제법 불었고 그 선선한 바람 속에서 별안간 복훈이가 질문을 해 왔다.

"싫어… 그리고 학교에 오는 게 점점 싫어져!"

내가 고개를 숙인 채 대답했다.

"담임은 아직 어린 여자 같아… 철이 덜 든 여자!"

담임의 가장 큰 폭정 가운데 있던 복훈이가 한 말이었다. 내가 본 복훈이는 지식은 없을지 몰라도 지혜는 있는 아이 같았다.

"담임은 도대체 대학에서 뭘 배운 걸까? 우리도 데모 노래 가르쳐서 데모시키려고 그러나?"

내가 물었다.

"담임은 우리 반에다가 어떤 나라를 만들고 싶어 하는 것 같아."

"어떤 나라?"

"북한."

복훈이의 그 말에 나는 흠칫 놀랐다.

"북한을 봐라! 서로가 서로를 감시하고 고발하고 다른 사람 다 보는 데서 총살시키고! 지금 우리 반이랑 다를 게 뭐냐? 그리고 아마도 지희 년도 선생한테 밉보이지 않으려고 발악 중일 거야! 억지로 충성하는 거지! 마음에도 없는 칭찬을 선생한테 하고! 북한이랑 똑같아!"

그랬다. 복훈이의 말이 맞았다. 복훈이가 선생님의 가장 큰 폭정의 희생양이라서 그렇게 생각할 수도 있었지만 반 아이들 대부분은 언제 고발당할지 모르고 자신도 누군가를 고발해야 한다는 의무감에 많이 지쳐 있었다.

"처음에 선생님이 체벌과 폭력은 없을 거라 해서 많이 기뻤는데 이젠 아닌 걸 알아서 속상해!"

"그것도 봐! 거짓말을 밥 먹듯 하는 북한이랑 똑같잖아! 만약에 한국의 선생들이 아이들 뺨을 후려치지 않거나 몽둥이로 패지 않는 날이 온다면 말이다. 그날은 해가 서쪽에서 뜨는 거야! 학생들하고 한 약속도 못 지키는 년이 무슨 선생이라고!"

지식은 없지만 지혜는 있었던 복훈이의 말이 나를 많은 생각에 잠기게 했다. 왜 학교란 곳이 그리고 교실이라는 공간이 숨쉬기 힘든 공간이 되어야만 할까? 라는 생각이 계속 들었다. 답이 없는 질문처럼 말이다. 선생님은 겉보기에는 우리에게 존댓말도 쓰고 좋은 걸 하려 하는 것 같은데 왜 나는 숨을 쉴 수가 없는지 답이 나오지를 않았다. 옆에 있는 복훈이를 보니 적어도 복훈이만은 그녀가 만든 세상에서 유일한 자유를 누리는 아이처럼 보였다.

"우리랑 다 같이 친하게 지낼 것처럼 말해놓고 부잣집 애들하고만 어울리잖아! 그리고 지희 년 엄마가 산부인과 의사라고 해서 걔네 엄마가 주는 거는 다 받아먹고 말이지!"

"뭘 받아먹어? 너 뭘 본 거야?"

나의 질문에 복훈이는 음흉하게 웃었다. 해가 지며 어둠이 깔리는 가운데 복훈이의 음흉한 웃음은 한껏 더 멋을 내었다.

"그런 게 있다. 때가 되면 알게 될 거야!"

"때가 되면?"

"그래. 때가 되면!"

길을 걷다가 동전이 있어서 빼빼로를 샀다. 마음이 가까워진 복훈이와 먹고 싶었기 때문이다. 왜인지는 모르지만 복훈이가 내 마음의 불편함을 알아준 것 같아서 고마웠다. 빼빼로를 하나씩 집어 먹으면서 복훈이가 그랬다. 동네 친한 중학생 형이 있는데 그 형은 호기심이 아주 강하다고 말이다. 그래서 성욕이 왕성할 중학생이 호기심을 참지 못하고 요도에 빼빼로를 억지로 밀어 넣다가 중간에 그것이 부러져서 큰 고생을 했다고 말이다. 나와 우리 반 아이들은 그래야만 했다. 그 중학생 형처럼 궁금하면 요도에 빼빼로를 밀어 넣어 보는 자유가 우리에게는 있어야 했다. 욕을 하고 싶으면 욕을 해야 했고 노래를 부르고 싶은 노래만 부를 수 있는 자유가 있어야 했다. 샤프펜슬을 억지로 못 쓰게 하는 선생님에게 싫다고 저항하며 소리치고 나무로 된 연필을 억지로 쓰기 싫다고 고함을 쳐야만 했다. 나는 그날 알았다. 담임 선생님에 의해 우리가 상실한 것은 자유라고 말이다. 그렇게 복훈이와 헤어지고 돌아오면서 상희네 집으로 향했다. 이제 머지않아 상희를 볼 수 없다는 생각에 많이 봐둬야 할 것 같다는 생각이 들었다. 어두움이 찾아든 저녁의 상희네 초가집은 백열전구가 빛나고 있었다. 그리고 넌지시 짐작해 보았다. 현재 그 안에는 부요함은 살지 않지만 행복은 반드시 살고 있다고 말이다.

"상희야!"

내가 밖에서 큰소리로 상희를 불렀다. 이내 문이 열렸고 상희가 걸어 나왔다. 상희의 얼굴에는 반가워하는 모습이 역력했고 서울을 다녀온 상희의 모습은 여전히 세련돼 보였다.

"무슨 일로 여기까지 행차하셨나?"

좀처럼 들을 수 없었던 상희의 밝은 농담이었다. 어색하기도 했지만 나의 친구가 밝아진다는 것이 기뻤다. 엄마의 사랑을 제법 먹어 보게 된 상희는 그렇게 해맑을 수 없었다.

"그냥 왔지!"

"그러나저러나 내일 국민체조 외워서 시험 봐야 하는데 걱정이다."

"산수도 이제 엄청 잘하는데 금방 외우겠지!"

"그럴까?"

"엄마는 어디에 계셔?"

"응! 지금은 서울에 계셔! 나 전학 마무리되는 대로 다시 오실 거야!"

"그러면 할아버지는 이제 혼자 지내시는 거야?"

"그렇지! 그게 조금 마음에 걸려!"

"엄마랑 지내던 집은 어때? 냉장고도 있어?"

"당연히 있지!"

상희는 그렇게 말했다. 서울에 있는 집은 매우 부잣집이며 냉장고, 그리고 가스레인지, 전자레인지, 오븐과 큰 세탁기가 있다고 말했다. 방도 여러 개고 밥솥도 있다고 말했다. 그렇게 상희는 즐겁게 자랑했지만 왠지 모를 애석함이 상희에게서 느껴졌다. 상희는 그런 행복들을 아직 어색해하며 받아들일 준비가 된 것 같지 않았다. 상희와 같이 살고 있는 초가집의 행복이 서울에 있는 집에도 같이 살아 줄까? 하는 생각이 들었다. 이튿날 체육 시간에 우리는 운동장으로 나가지 않았다. 책상과 걸상을 모두 교실 뒤쪽으로 밀고 공간을 만들어 국민체조를 배웠다. 수차례 반복하다 보니 제법 외워지는 듯했는데 모든 동작을 완벽히 외운다는 것은 좀처럼 쉬운 일이 아니었다.

"여러분! 저는 가장 공정하고도 올바른 방법으로 평가할 겁니다. 그것은 바로 소수의 무리가 앞에서 체조하면 다수의 무리가 채점하는 거지요. 아마도 저의 개인적인 판단보다는 이미 정답을 알고 있는 여러분이 훨씬 정확한 평가를 할 수 있을 거라 생각됩니다."

두려웠다. 그 말인즉 학급에서 목소리가 높은 아이들이 전적인 평가의 칼자루를 쥔다는 이야기였고 그 칼자루를 쥔 아이들은 선생님의 총애를 받는 아이들임이 분명했기 때문이다. 한두 동작이 틀리더라도 선생님의 총애를 받는 무리 안에 있으면 높은 점수를 받았고 완벽한 모습을 보여주더라도 다소 느리거나 어설프면 낮은 점수를 맞는다는 이야기였다. 나의 예상은 적중했고 그런 판세를 생각한 선생님의 의중이 소름끼쳤다. 선생님은 그릇된 권력을 행사하고 있었다. 반감의 목소리를 낸 아이들을 향해 잔인하며 마음을 짓밟을 수 있는 행동을 선생님은 하고 있었다. 선생님 스스로를 학생들이 다시는 난처하게 만들지 못하게끔 조치를 취한 것이 결국 성적을 볼모로 삼은 무리의 평가라는 방법이었다. 칼자루를 쥔 아이들의 평가는 공정할 것 같았지만 그렇지 않았다. 말할 것도 없이 나와 상희 그리고 복훈이와 진운이는 최저 등급을 받았고 지희의 무리는 높은 등급을 받았으며 평소 선생님 눈 밖에 나지 않기 위해 애쓰던 아이들도 지희의 무리들이 알았기에 중상의 등급은 받을 수 있었다. 또한 선생님 눈 밖에 난 아이들은 중하의 등급을 얻었더랬다. 그리고 선생님은 그 점수를 가감 없이 그리고 망설임 없이 기록부에 기재했다. 인민재판을 하듯 칼자루를 쥔 아이들의 등급을 매기는 목소리가 비수가 되어 가슴에 꽂히는 듯했다. 결국 그날의 테스트는 일종의 인기투표 같은 것이 되어버리고 말았다. 학교를 끝내고 산수에 이어 체육마저 좋은 점수를 얻지 못하던 나는 상희와 복훈이에게 푸념하듯 말하며 길을 걸었다. 과연 내가 잘 할 수 있는 것이 있기나 한 걸까? 하고 말이다.

"너 선생이 왜 지희네 무리하고만 밥을 먹는다고 생각하냐?"

나의 푸념을 듣던 복훈이가 느닷없이 물었다.

"무슨 말을 하는 거야?

복훈이의 말에 상희가 의아한 듯 물었다.

"내가 가만히 보니까 2주 정도에 한번은 담임이 도시락을 안 싸 온단 말이지! 그리고 지희가 싸 온 도시락을 먹고 도시락 통을 집으로 가져간단 말이야! 그리고 다음날 그 도시락 통을 다시 지희한테 줘!"

"그게 무슨 말이야?"

내가 복훈이에게 물었다.

"생각을 해봐라! 이 인생들아! 도시락을 대신 싸 왔으면 통을 돌려줄 것이지 왜 그걸 집에 가져가냐고?"

"설거지를 해다가 주는 걸 수도 있잖아?"

상희가 선한 웃음을 띠며 말했다.

"물론 그럴 수도 있지! 그렇지만 난 2주에 한 번 싸 오는 그 도시락 통 안에 돈이 들어있을 거라고 본다."

순간 공기가 싸늘해지며 소름이 끼쳤다. 선생님은 학교로부터 봉급을 받을 텐데 왜 지희네로부터 돈을 또 받지? 라는 생각이 들었다.

"지희네가 왜 선생님한테 돈을 줘?"

상희가 물었다.

"그게 바로 촌지라는 거다! 이거 안 받아 본 선생이 대한민국에 매우 드물 거다."

지식은 없지만 지혜는 있던 복훈의 눈치 빠른 판단이 맞을 수도 있다는 생각이 들었다. 하지만 마음으로 의심만 있었지 그렇다 할 증거가 없었다. 다음날 나는 도시락을 먹으며 선생님과 지희의 무리를 유심히 지켜보았다. 내가 보고 싶었던 장면이 운 좋게도 다음날 연출되었다. 지희는 선생님의 도시락을 싸 왔고 국도 싸 왔는데 국은 늘 그렇듯 미역국이었다. 그리고 반찬통 한 개는 뚜껑을 열지 않은 채 다시 도시락 주머니에 담겼다. 복훈이 말이 짐작이 아닐지도 모른다는 생각이 들었다. 선생님은 꾸준히 바라보는 나의 시선을 인식했는지 애써 모르는 척 행동했다. 나는 매우 혼란스러웠다. 그 반찬통 안에 든 것이 정말 돈일까? 하는 생각이 좀처럼 머릿속에서 떠나지 않았다. 내가 보는 것을 복훈이도 보고 있었다. 그리고 복훈이는 여느 때와 같이 음흉하게 웃고 있었다. 아주 음흉하게 말이다. 도무지 13살 얼굴에서는 그런 음흉한 웃음이 나올 수가 없을 정도의 음흉함이었다.

"오늘 지희 년에게 내가 진실을 알아내고 말 테다."

복훈이가 입안에 쌀밥을 가득 넣은 채로 말했다.

"뭘 알아내려고?"

상희가 의아해하며 물었다.

"저 통 안에다 뭐를 넣어서 담임에게 가져다주는지 말이야!"

그날 우리는 복훈이의 지도 아래 수업이 끝나자마자 재빠르게 지희네 산부인과 앞으로 이동했다. 지희네 병원은 그렇게 세련되지도 않았고 새 건물도 아니었지만 우리 고장에 하나뿐인 산부인과이다 보니 북새통을 이루는 건 당연했다. 우리가 구석에서 지희가 오길 기다리자 이내 곧 지희가 병원 방향으로 오는 것이 보였다. 그 모습을 본 복훈이가 쏜살같이 달려 나가 지희를 가로막았다. 그러더니 복훈이가 뭐라고 말하자 지희의 표정이 굳어지기 시작했다. 그에 반해 복훈이의 얼굴은 환하게 빛이 났고 복훈이가 또 말을 이어가자 이내 지희는 눈물을 뚝뚝 흘리기 시작했다. 그리고 복훈이가 몇 마디를 다시 건네자 지희는 눈물을 닦으며 고개를 끄덕였다. 복훈이는 지희에게 손을 흔들어 보이며 다시 우리 쪽으로 돌아왔다.

"맞아! 맞아! 돈 받아 쳐 먹은 거!"

통쾌한 듯 환하게 웃으며 복훈이가 말했다.

"뭘 어떻게 물어봐서 알아낸 거야?"

"다 방법이 있었지!"

복훈이는 이어 말을 해 줬다. 지희를 보자마자 선생님한테 돈을 얼마나 상납하냐고 물어보자 표정이 굳어지며 부정을 했더랬다. 솔직히 말하지 않으면 너희 엄마가 불법 낙태를 할지도 모른다며 자신의 엄마를 통해 신고한다고 협박했더니 울며 순순히 인정하드랬다. 역시 지식은 없어도 영악한 지혜가 있는 복훈이었다. 당장 그걸 알게 된 걸로 누구를 겁박하거나 위협을 가할 생각은 우리에게는 없었다. 선생님의 계속되는 허울뿐인 거짓 속에 나도 어른이 되어가는 준비를 한다는 생각이 들었다. 선생님이 약속한 출산을 할 때까지만 지희 무리와 식사한다는 건 2학기 내내 식사한다는 의미였다. 나는 한참 후에야 선생님이 또 우리를 기만했다는 사실을 알았다.

"돈이 좋긴 좋은가 봐!"

복훈이가 말했다.

"얼마나 받아먹었을까? 꾸준히 말이야!"

나는 진정 궁금한 마음으로 물었다.

"그래도 부모님 직업이 의사니까 많이 줬겠지?"

상희가 옅은 미소를 띠며 말했다. 우리는 그날의 사건을 마음에 묻고 공개적으로 떠벌리거나 소문을 내지 않기로 다짐했다. 그것을 떠벌리며 학급에 대대적으로 공개하는 날에는 그야말로 감당할 수 없는 혼란과 핍박과 폭정이 찾아올 것임이 자명했기 때문이었다. 그냥 겉과 속이 다른 선생님의 모습을 알게 된 것과 선생님도 역시 우리와 같이 똥 묻은 인간이란 사실에 큰 위안이 되었다. 우리 셋은 그날 왠지 모를 승리감에 도취되어 집으로 돌아가는 길이 한껏 가벼웠다.

13

사건이 터진 것은 우리가 지희네 병원을 기습한 다음날이었다. 체육 시간이 끝나고 돌아와 보니 교실에서는 김치 냄새가 진동했고 지희의 가방이 열린 채 김치와 그 국물이 잔뜩 가방 안에 부어져 있었다. 지희는 주저앉아 울기 시작했고 이내 공중전화로 달려갔다. 곧 다음 수업을 위해 선생님이 들어왔고 웅성대는 아이들에게 자초지종을 물었다. 누군가 지희의 가방 안에다가 몰래 도시락 반찬인 김치를 부어놔서 가방이며 책들이 엉망이 되었다고 말했다. 그 소식을 들은 선생님은 분노했고 이내 범인색출에 나섰다. 반 아이들 모두의 도시락 뚜껑을 열게 했고 책상 위에 올려놓으라고 명했다. 다들 겁에 질려 다급하게 선생님의 지시대로 행동했다.

"자! 준비가 됐으면 이제 내가 돌아다니면서 하나하나 확인할 거예요! 반찬통이 모두 비워져 있는 사람이 범인입니다."

그렇게 쥐 죽은 듯 조용한 가운데 선생님은 아이들 한 명 한 명의 도시락 반찬을 확인했다. 그러다가 2분단에 앉아 있는 상희 앞에서 걸음을 멈추고 그의 반찬통을 유심히 바라보았다.

"너였니? 왜 그런 거야?"

선생님이 물었다.

"저… 선생님 그게 아니라… 저도 지금 열어보니까 제 김치가 모두 없어져서…"

"쫘악!"

선생님이 상희의 뺨을 후려치는 소리였다. 말이 끝나기도 전에 선생님은 상희의 뺨을 후려쳤고 이내 한 번 더 내려쳤다. 선생님의 행동에 상희는 어깨를 들썩이며 울기 시작했고 선생님은 상희의 반찬통을 바닥에 내동댕이쳤다. 선생님의 이성을 잃은 모습에 가장 당황하는 아이는 지희였다. 물론 피해자였지만 범인이었으리라 생각되는 상희가 추한 꼴을 당하자 지희는 몹시 당황했다.

"선생님! 드릴 말씀이!"

그때 걸상을 다급하게 밀며 중원이가 일어났다. 그리고 그의 목소리는 흥분되어 있었고 눈이 떨리고 있었다.

"뭐지?"

분노를 억누르며 선생님은 되물었다.

"선생님! 전후사정을 다 들어본 후에 체벌을 해도 늦을 것 없다고 생각합니다."

허를 찔린 듯 선생님은 난처한 표정을 숨길 수 없었다.

"이렇게 반찬통이 비워져 있는데 상희가 범인이 아니라고?"

선생님의 대답 속에는 자신이 이 행동에 첫 단추를 잘못 끼웠다는 것을 인지하고 있었다.

"누가 상희의 반찬통을 이용한 걸 수도 있잖습니까?"

어린 학생 같지 않은 중원이의 말에 교실은 술렁이기 시작했다.

"그러면 범인이 누구라는 거니?"

"그건 저도 알 수 없지만 이렇게 섣불리 감정적으로 행동하시는 건 선생님이 추구하시고 건설하고자 하는 학급의 모습과 많이 다른 것 같습니다."

중원이의 말에 선생님은 발가벗겨진 사람처럼 얼굴에 수치심이 가득했다. 13살짜리 입에서 그런 말이 나오리라고는 상상도 못 한 눈치였다.

"선생님! 제가 안 그랬어요!"

눈물을 멈출 줄 모르던 상희가 숨을 고르게 쉬지 못하며 하는 말이었다.

"저도 이제 검사 시작한다고 했을 때 반찬통이 가벼워서 놀랐는데 열어보니까 흔적도 없이 사라졌어요!"

나는 알았다. 상희의 말은 거짓말이 아니라는 것을 말이다. 상희라는 애는 애초에 거짓과 거리가 멀었다. 억울해하는 상희의 마음이 나에게까지 전달되었다.

"네가 범인이 아니면 누구야! 김치를 맨날 싸오는 건 너고 지금 내 가방과 책들은 김치로 범벅이 되어있고 너의 반찬통은 텅텅 비워져 있잖아!"

지희가 악다구니를 쓰며 말했다. 눈에서는 눈물이 주룩주룩 떨어졌다.

"나 정말 아니야!"

상희는 울먹이며 말을 이었다.

"아니긴! 너 엄마 없어서 맨날 김치만 싸 오잖아!"

이성을 잃은 지희가 내뱉은 말이었다.

"나도 엄마 있어! 씨발년아!"

결국 분함을 참지 못한 상희가 지희를 향해 울분을 토하며 내지른 말이었다. 그 말에 지희는 아연실색이 되었고 선생님도 할 말을 잃었으며 교실은 조용해졌다. 상희에게는 엄마란 건드리지 말아야 할 역린과도 같은 것이었다. 결국 그날 범인은 찾을 수 없었고 상희는 욕을 한 대가로 벌금 200원을 내야만 했다. 그날 교실에 있던 상희는 온

종일 넋이 빠진 얼굴을 하고 칠판이며 친구들 얼굴 그리고 나의 얼굴을 바라보았다. 무언가를 크게 상실해버린 아이처럼 얼이 빠져 있었다. 모든 수업이 끝나고 지희의 엄마가 학교로 왔다. 선생님은 깍듯하게 고개를 숙여 인사했고 지희의 엄마도 조금 전 일은 아무것도 아니라는 듯 화기애애한 분위기 속에서 그 일들을 무마시켰다. 지희를 품에 안고 자초지종을 설명하는 선생님의 모습이 그렇게나 따뜻하게 보일 수가 없었다. 그렇게 범인은 잡히지 못한 채 그날 하루는 흘러갔다. 다만 상희의 가슴속에는 억울함과 분노라는 씨앗이 심겨 급속도로 자라나기 시작했다.

"난 범인이 어떤 새끼인지 알 것 같단 말이지…"

지식은 없지만 영악한 지혜가 있던 복훈이가 또 음흉한 웃음을 보이며 말했다.

"그게 무슨 말이야?"

내가 깜짝 놀라서 물었다. 상희는 상처가 깊었는지 아무 말도 하지 않고 분노의 얼굴과 멍한 얼굴을 번갈아 가며 보였다.

"최근에 지희가 미움을 얻을 만한 일이 있었어… 그것도 여러 명에게…"

"나야 모르지…"

"체조 실기평가가 공정했다고 생각하냐?"

"아니! 그냥 선생님한테 잘 붙어있는 애들은 좋은 점수 받는 거고 아닌 애들은 그저 그런 점수를 받는 거지!"

"난 그때 똑똑히 알았지! 그건 실기평가가 아니라 선생님에 대한 충성도 평가 내지는 인기 투표 같은 거였다."

"그래서?"

"지희 년을 필두로 목소리를 높여 점수를 먹였지. 선생님과 그 무리 마음에 들면 적당히 높은 점수를 얻고 지희 무리 안에 들면 가장 높은 점수! 그리고 너와 나 같은 애들은 조금만 실수해도 최저 등급을 받는 거야!"

"그랬지."

"최저 등급을 받은 놈이 몇 없어! 그중에 지희를 울게 만들고 담임 년한테 얻어터졌던 진운이 새끼가 가장 유력하지. 나름 머리를 쓴다고 만만한 상희 반찬을 사용한 것 같은데… 내가 친히 그 새끼를 만져 줘야겠다. 진실을 말할 때까지…."

"싸우려고?"

"싸워? 그 애랑 나랑? 아니지. 일방적 폭행에 가깝다고 해야지!"

"그러지 마! 선생님한테 알리면 어떡하려고 해?"

"넌 고추에 털 났냐?"

복훈이는 느닷없이 이상한 말을 했다.

"아니… 그건 왜?"

"난 벌써 수북하단다… 그만큼 힘도 세졌고… 담임 년에게 알릴 용기
가 나지 않도록 먼저 쥐야지!"

그렇게 말하는 복훈이에게서 나는 묘한 정의감을 느꼈다. 그랬다.
복훈이에게 지식이 없다고 멀쩡하지 못한 아이라고 판단하고 평가하
고 하대하는 것은 어른들의 큰 실수이며 아이들의 큰 실수라는 생각
이 들었다. 나와 복훈이 그리고 상희는 학교 근처 오락실을 전부 돌았
다. 그리고 이내 가까운 오락실에서 진운이를 찾을 수 있었다. 복훈이
는 진운이에게 다가가 상냥한 말투로 나가서 대화 좀 하자고 청했고
진운이는 의아해하며 복훈이를 따라 나섰다. 그리고 우리 넷은 골목
으로 들어가 주위에 사람들이 있는지 없는지 살폈다. 복훈이는 진운

이에게 손을 내밀어 보라고 말했고 복훈이는 진운이 손에서 킁킁거리며 흡사 마약 탐지견처럼 냄새를 맡기 시작했다. 그리고는 상희에게 빈 반찬통을 보여 달라며 그것을 건네 받아 뚜껑을 열고 냄새를 맡았다. 복훈이는 이내 고개를 끄덕였다. 그리고 다시 상희에게 반찬통을 돌려주었다.

"너지?"

"뭐가?"

"지희 년 가방에 상희 반찬통에 있는 김치 퍼부은 거 말이야!"

순간 진운이는 할 말을 잃고 사시나무 떨듯 떨기 시작했다. 그리고 상희 또한 그 사실을 목격하고 분노에 치를 떨기 시작했다.

"왜 하필이면 나야?"

상희가 물었다. 상희의 질문이 채 끝나기도 전에 복훈이는 불끈 쥔 주먹으로 진운이 명치에 내리꽂았다. 큭! 하는 소리와 함께 흙바닥에 나뒹굴며 숨을 쉬지 못하고 고통스러워했다.

"저러다 죽는 거 아니야?"

두려워하며 내가 물었다.

"사람 죽기가 그렇게 쉬운 줄 아냐? 난 아빠 살아 있을 때 그렇게 맞아
도 지금까지 잘 살아 있잖아!"

상희가 진운이에게 달려들어 멱살을 잡고 눈물을 뚝뚝 흘렸다. 그
모습이 너무나 슬펐다.

"왜 하필이면 나냐고?"

울부짖으며 상희가 물었다.

"미안해…"

숨이 컥컥 넘어가며 겨우 말을 내뱉은 진운이었다.

"내일이 되면 아침에 담임한테 가서 모든 걸 사실대로 고해라! 물론
내가 널 뚜드려 팼다는 것은 제외하고 말이지… 그리고 지희한테 가
서도 솔직히 말해! 네가 그랬다고 말이야! 만약에 내일 학교를 안 온
다거나 내 지시대로 행동하지 않으면 넌 죽음의 공포를 맛보게 될 거
야!"

나는 애써 상희를 진운이에게서 떼어 놓고 흙 묻은 옷을 털어주고

상희를 달래 줬다. 상희는 이내 눈물을 멈추고 내일이 되면 억울한 마음이나 원한 같은 것이 명백하게 밝혀질 테니 아무 걱정이 없노라고 스스로에게 말했다. 다음날이 되었고 진운이는 우리의 우려와 다르게 학교를 무사히 출석했다. 복훈이는 눈짓으로 계속 진운이에게 담임이 있는 자리로 가라고 지시했다. 겁에 질린 진운이는 담임 책상으로 가서 고개를 바닥에 숙인 채 말하기 시작했다. 누가 자기한테로 오라 하지도 않았는데 자신의 책상으로 와서 무슨 말을 줄곧 이어 뱉는 진운이의 표정을 보며 선생님은 표정이 굳어졌다. 이내 화를 참지 못하고 치를 떨며 진운이를 빤히 처다보았다. 폭력이 있을 거라 예상했지만 담임은 순순히 진운이를 자리로 돌려보냈다. 그리고 그날 종례 시간에 선생님이 모든 걸 말하기 시작했다.

"여러분! 어제 있었던 사건에 대한 진범은 진운이였어요. 진운이가 저에게 자백했어요. 실기평가 점수를 낮게 받은 것에 앙심을 품고 상희에게 누명을 씌워서 지희에게 못된 짓을 한 겁니다. 그 대가로 진운이는 반성문 100장을 쓰고 벌금을 내게 될 거예요."

선생님의 그 말에 교실은 술렁이기 시작했다.

"너 진운이! 내 가방하고 교과서 다시 멀쩡하게 만들어 놓던가 물어내!"

지희가 참지 못하고 벌떡 일어나 소리를 내질렀다. 진운이는 고개를 숙인 채 묵묵부답이었고 지희는 소리 내어 울었다.

"진운이는 체벌 이외에도 합당한 대가를 치르게 될 거예요. 그리고 진운이는 지희 어머니를 만나서 대화를 하게 될 겁니다."

그 말에 진운이는 아연실색이 되었다. 그런데 갑자기 상희가 걸상 끄는 소리를 내며 자리에서 일어났다.

"선생님! 혹시 제게 하실 말 없으세요?"

느닷없이 딱딱한 어조로 상희는 선생님에게 물었다.

"무슨 할 말?"

당황한 선생님은 상황에 적합한 말은 하지 않고 되레 반문했다. 그 말은 상희가 원하는 말이 아니었다. 선생님 스스로도 무슨 말을 해야만 하는지 반사적으로 알고 있었다.

"저는 어제 아무런 죄 없이 선생님에게 맞았어요."

상희는 사력을 대해 용기를 내고 있었고 또한 그 도전에 대해 스스로 떨고 있었다.

"상희야! 선생님 스스로도 오해할 만한 상황이었잖니?"

나는 또 보았다. 겁 먹은 선생님의 모습을 말이다.

"그렇다고 아무 말 없이 그냥 넘어가시게요? 전 억울합니다."

상희의 눈에서는 눈물이 뚝뚝 떨어졌다.

"그래! 미안하다!"

그녀는 무척이나 자존심이 상해하는 말투로 말했다.

"그리고 사과받고 싶은 사람이 한 명 더 있습니다."

"누군데?"

"지희가 저더러 엄마가 없다고 저에게 너무나도 아픈 말을 했어요. 저는 이제 엄마가 있습니다."

반 아이들의 시선이 지희를 향했다.

"미안해! 하지만 너도 나한테 욕을 했잖아!"

반성의 기미라고는 없었다. 아마 지희에게는 상희같이 낮다고 생각하는 아이에게 사과하는 건 세상이 무너지는 것 같은 굴욕인 것 같았다.

"제가 욕을 한 것에 대해서는 벌금을 내겠습니다. 내일 반드시 내겠습니다. 지금은 돈이 한 푼도 없습니다."

"그래! 이번 사건은 이 정도에서 마무리하자꾸나! 상희가 넓은 마음으로 이해해 주렴!"

애써 친절하고 착한 미소를 띠는 선생님의 얼굴에서는 구겨진 자존심으로 인해 분해하는 모습을 나는 볼 수 있었다.

"내일 제가 반드시 벌금을 내겠습니다. 벌금 그 이상을 하겠습니다."

분에 떨며 눈물을 흘리는 상희의 다짐 속에는 교실과 아이들 그리고 지희와 선생님에게 어떠한 재앙을 불러올지는 나 외에는 아무도 알 수 없었다. 상희는 알았다. 그리고 어린아이들도 다 알 거다. 그 사람의 모습이 진심인지 거짓인지는 말 못 하는 아이들도 알 거다. 그날 선생님의 모습에서는 진심이란 찾아볼 수 없었다.

14

"장훈아! 너 오늘 나 좀 도와줄 수 있어?"

먼 곳을 꽤나 진지하게 응시하던 상희가 말했다.

"뭘 도와주는 건데?"

"그냥 옆에만 있어 주면 돼! 오늘 내가 하는 행동을 보고 옆에만 있어 줘!"

난 도무지 상희 속을 짐작할 수 없었다. 다만 하나 알고 있는 건 분노 그 이상의 감정이 상희 안에 있다는 정도였다. 방과 후 나와 상희는 상희네 집으로 갔다. 집에 도착한 상희는 마루턱에 가방을 집어 던지고 방 안으로 들어가 조그만 장을 열고 깡통 속에서 시계를 꺼냈다. 시계를 귀에 대보더니 잘 돌아가는 걸 확인했는지 이내 주머니 속으로 넣었다. 그리고는 여전히 급한 걸음으로 나와 신을 챙겨 신었다.

"가자! 금은방으로….."

"금은방? 거기는 왜?"

"응! 시계를 팔 수 있으면 팔고 저당 잡힐 수 있으면 잡힐 거야!"

"너 돈 필요해? 엄마도 계시다며? 엄마한테 필요하면 조금 달라고 하지!"

"이번 일은 엄마와 무관해! 그리고 아직까지는 서울에 계시고 할아버지한테도 돈을 조금 맡기신 것 같은데 내가 생각하는 큰돈은 할아버지에게 달라고 할 수 없어!"

"그렇다고 아버지 시계를 이러면 안 될 거 같아!"

"나도 어쩔 수 없다. 슬프지만 난 내가 다짐한 일을 반드시 하고 말 거야!"

그렇게 말하고는 상희는 빠른 걸음으로 읍내를 향해 걸었다. 그 아이가 다급하게 걷는 모습은 좀처럼 보기 힘들었는데 유독 그날 상희는 자신의 계획이 있다며 이를 향해 거침없이 걸었다. 이윽고 우리는 금은방에 들어갔고 나도 상희를 따라 그 안으로 들어갔다.

"음… 무슨 일이니?"

오지 말아야 할 곳에 어린이 두 명이나 들어왔으니 의아해하고 낯설어하는 주인아저씨 모습이 당연했다.

"아저씨! 제가 팔고 싶은 게 좀 있는데요! 봐주시겠어요?"

주인아저씨 표정이 이내 난감해졌다.

"무슨 물건인데?"

"시계요!"

상희는 주머니에서 조심스레 시계를 꺼내 보였다. 그리고 아저씨는 그 시계를 보고 많이 놀라는 눈치였다.

"너희들 이거 어디서 났니?"

최대한 예의를 갖추고 의심하는 주인아저씨였다.

"돌아가신 아빠 물건이에요. 제가 지금 돈이 필요하거든요. 훔친 건 절대 아니니까 걱정 안 하셔도 돼요."

그 말이 끝나자 아저씨는 우리 둘의 눈을 번갈아 쳐다보며 우리가 거짓을 말하지 않는다는 걸 알고 조용히 입을 여셨다.

"이렇게 하자꾸나! 이 시계를 내가 중고로 산다고 쳐도 당장은 너희에게 줄 그만큼의 현금이 없단다. 그리고 이곳에 오길 잘한 것 같구나!
아마도 나쁜 전당포 같은 곳으로 갔으면 너희는 아버지 물건을 팔고
큰 손해를 봤을 거야!"

"어떻게 하면 좋지요?"

근심어린 말투로 상희가 물었다.

"내가 당장 네가 필요한 만큼의 현금을 줄 테니 이 시계는 나에게 맡
기고 그 돈을 너희 목적에 맞게끔 사용한 다음에 그 돈을 다시 마련해
서 돌아오면 내가 이 시계를 돌려줄 거다. 어떠냐? 나의 생각이?"

주인아저씨 말에 나와 상희는 머릿속으로 최대한 생각했다. 이윽고
상희는 아저씨 말에 동의했고 곧 흥정하기 시작했다.

"그래! 얼마가 필요하니?"

"오만 원이요!"

망설임 없이 액수를 이야기하는 상희였다. 그리고 의외의 낮은 액
수에 아저씨는 의아해했다.

"그것뿐이야? 필요한 돈이?"

"네! 좀 크긴 하지만 필요해요."

결의에 찬 상희의 대답이었다. 아저씨는 빙긋 웃으시면서 작은 수제금고로 가서 일만 원짜리 다섯 장을 가져오셨다. 그리고는 종이에 차용증이란 걸 써주시며 시계를 담보로 오만 원을 빌려 주며 최대한 빠른 시일 내 오만 원을 가져오면 시계를 돌려주겠다는 내용의 글을 쓰시고 상희와 반쪽씩 나누어 가졌다. 현금을 챙겨 금은방을 나온 우리는 다음 목표지로 가야 했다.

"이제 어디로 가?"

내가 넌지시 상희에게 물었다.

"은행!"

망설임 없는 상희의 답변이었다. 우리는 재빨리 걸음을 옮겨 작은 점포의 마을금고로 갔다. 상희는 그곳으로 들어가 지폐 모두를 오백 원짜리 동전 두 묶음으로 바꾸어 주머니에 넣고 급하게 마을금고를 나왔다.

"이제 다 끝난 거야?"

도무지 상희의 의중을 알 수 없는 내가 물었다.

"아니! 할 일이 좀 더 있어! 가자!"

우리는 다시 상희의 집으로 갔다. 상희는 할아버지의 리어카를 발견하고 그 안을 뒤적거리기 시작했다. 그리고 이내 쇠로 된 분유 깡통을 발견하고 고개를 끄덕였다. 그리고 그 깡통은 뚜껑도 멀쩡하게 닫혀있었다.

"뭘 하려고?"

내가 그 행동이 궁금해서 물었다.

"보면 알아! 난 이미 이 행동을 하기로 정했어!"

상희는 깡통 안에 이물질들을 다 털어버리고 집 뒤편에 있는 재래식 화장실로 갔다. 가서 변소 문을 열고 그 아래를 유심히 내려다보았다. 그러더니 똥을 건져낼 때 쓰는 막대기가 달린 바가지를 가져와 안에 넣고 이리저리 저었다. 역한 냄새가 확 하고 올라왔지만 난 그 자리를 피하지 않았다. 상희는 조심스레 그것들을 퍼서 깡통에 담았다. 두 번 정도 퍼서 담으니 깡통이 그것으로 가득 찼다. 상희는 그것에 다가가 조심스레 뚜껑을 닫았고 할아버지 리어카로 다시 가서 신문지를 가져와 겉을 닦아 냈다. 그리고 비닐봉지로 몇 번이고 밀봉을 했다. 개천에 가서 손을 씻어 낸 뒤, 대부분의 준비가 끝났노라고 말했다.

"뭘 하려고 그래?"

"두고 보면 알아! 난 이대로 가만히 못 있겠다. 복훈이랑 진운이도 이곳으로 곧 올 거야!"

"복훈이는 그렇다 쳐도 진운이 놈은 왜?"

"나를 돕기로 했거든….."

몇 분의 시간이 흐르자 저 개천 위 언덕에서 복훈이와 진운이 모습이 보이기 시작했다. 복훈이가 앞서서 걸었고 진운이는 그 뒤를 따라 오만상을 찌푸리며 따라왔다.

"빨리 안 와? 이 개새끼야!"

복훈이가 짜증을 내며 진운이에게 소리쳤다.

"가잖아!"

겁에 질린 진운이가 마지못해 내뱉는 말이었다. 이윽고 복훈이와

진운이가 우리 있는 자리까지 왔고 복훈이는 상희에게 물건은 준비됐
냐고 물으며 주위를 두리번거렸다.

"저기 있어!"

손가락으로 방향을 가리키자 복훈이와 진운이가 그곳을 쳐다보았다.

"음! 훌륭하게 준비가 됐군! 자, 이제 가서 저걸 들고 와라!"

복훈이는 진운이에게 지시했다.

"싫어!"

겁에 질린 진운이는 그것이 무엇인지 아는 듯했고 그것에 가까이
다가가기를 정말 싫어했다.

"뒈지고 싶어? 얼른 가!"

복훈이의 역정에 진운이는 겁을 먹고 그것을 향해 다가가서 조심스
레 들고 챙겨왔다.

"내일 너는 수단과 방법을 가리지 말고 이걸 교실 안으로 가져오는 거

야! 그리고 교실 안에 잘 감춰 놔! 발각되거나 차질이 생기면 내가 널 고달프게 해주겠어!"

폭행 사건 이후로 진운이는 복훈이의 부하가 된 듯했다. 선생님에게 고발했다간 더 큰 복수가 기다리고 있기 때문에 그러지도 못하는 것 같았다. 상희의 전학은 며칠 남지 않았고 상희가 꾸민 일이 실행되기로 한 날이 왔다. 진운이는 그 물건을 무사히 가져오기 위해 꼭두새벽부터 학교에 와서 교실 안에 있는 사물함에 잘 감추어 두었다. 내가 교실에 들어섰을 때 약간의 변 냄새가 나기는 했지만 누구나 눈치챌 정도는 아니었다. 상희가 비닐봉지로 밀봉을 철저히 했고 사물함 안에 보관되어 있으니 발각될 일이 없었다. 그리고 무시무시한 일은 그날 교실에서 벌어졌다.

15

오후에 있는 수업 시간이었다. 한참 수업이 진행되고 있었고 아이들 대부분은 수업에 집중하고 있었다. 상희와 복훈이와 진운이는 계속 눈치를 주고받으며 이해할 수 없는 제스처를 계속해서 했다. 이내 서로의 모든 신호가 맞아떨어지자 진운이가 수업 시간에 허락도 없이 일어나 사물함으로 갔다. 그 모습을 선생님은 보긴 했으나 그다지 신

경 쓰지 않았고 다만 약간 의아해하며 수업을 진행해 갈 뿐이었다. 이
윽고 진운이가 사물함에서 그것을 꺼냈고 조심스레 밀봉을 해제했다.
냄새가 순식간에 퍼졌다. 진운이는 울며 겨자 먹기로 계속해서 봉지
를 풀어 헤쳤다.

"거기! 진운이 수업 시간에 무슨 일이지? 뭐 하는 거니?"

선생님의 질문에도 진운이는 아랑곳하지 않고 하던 일을 마무리했
다. 그리고는 그 통을 상희 앞으로 가져다 놓았다. 냄새가 순식간에 진
동했고 그것이 불길한 거라고 알아차린 선생님은 표정이 일그러졌다.

"너희들 지금 뭐 하는 거야?"

한참 격앙된 선생님의 목소리였다. 그때였다. 상희가 깡통 뚜껑을
열더니 자리에서 일어났다. 싱글거리는 웃음과 함께 말이다.

"선생님! 지금은 도덕 시간이잖아요? 도덕이란 건 사람이 깨끗하게 사
는 걸 말한다고 생각해요. 근데 제가 봤을 때는 선생님은 깨끗하신 거
같지 않은 것 같아요."

"뭐?"

당황을 금치 못한 선생님이 되물었다.

"제가 지금부터 선생님을 깨끗하게 해 드릴 거예요."

그러더니 상희는 순식간에 깡통을 들고 성큼성큼 자리를 벗어나 선생님에게로 다가갔다. 선생님은 자기에게 다가올 재앙이 무엇인지 직감한 듯 떨기 시작했다.

"너 지금 뭐 하는 거니?"

선생님의 그 말이 끝나기 무섭게 깡통 안에 든 똥오줌을 정확히 선생님 얼굴에 퍼부었다. 결과는 명중이었고 꽤 많은 양의 그것들이 선생님 얼굴과 옷 그리고 상체에 범벅이 되고야 말았다. 그리고 여전히 깡통 안에는 한 사람을 더 공격할 만한 양의 분뇨가 들어있었다. 상희는 그것을 들고 자리를 옮겨 지희에게로 다가갔다. 상희가 자기에게로 다가오는 걸 직감적으로 알아챈 지희는 자리에서 일어나 달아나려 했다. 그렇지만 상희의 행동이 더 빨랐고 남은 분뇨를 지희의 얼굴과 옷에 명중시켰다. 물론 상희의 손도 똥과 오줌으로 지저분해졌다. 지희는 그것을 당한 순간 괴성을 지르며 울어댔고 자리에 주저앉았다. 상희에게 집중하고 있던 터라 선생님을 보지 못했는데 선생님은 이성을 잃고 구역질을 연신 해 대고 있었다. 보통의 헛구역질이 아니었다. 어찌나 심했던지 몸이 뒤틀리며 마비가 오는 듯했다.

"지희야! 나도 엄마 있어! 너만 엄마 있는 거 아니야!"

상희의 그런 행동들은 정말 찰나에 일어났고 반은 괴성으로 요동 쳤다.

"내가 오늘 이런 행동을 할 수 있었던 용기는 바로 우리 엄마로부터 왔어! 엄마가 그랬거든. 누가 나한테 함부로 하면 절대 참지 말라고!"

지희는 그 말을 듣는지 모르는지 구역질을 계속 해 댔다. 냄새가 교실에 진동했고 일부 아이들이 재빨리 창문을 열어 환기를 시켰다. 그렇지만 창문을 연다고 해결될 수준의 냄새가 아니었다. 그리고 상황은 이내 더 심각해졌다. 사지를 뒤틀며 구토하던 선생님의 트레이닝복 바지에서 피가 보이기 시작했다. 그러더니 피의 양이 점점 많아져 더욱 바지를 적셨다. 들어본 적은 있지만 직접 눈으로 여자의 하혈을 본 건 그때가 처음이었다. 반은 그야말로 아수라장이 되었고 통제 불능 상태가 되었다. 그리고 그때 이해할 수 없는 행동을 하는 아이가 있었으니 바로 복훈이었다. 이 행동 전부를 예상했던 복훈이는 휴지로 코를 틀어막고 모든 걸 지켜보는 걸 넘어서 감상하고 있었다. 그러더니 갑자기 한껏 웃으며 어깨춤을 추기 시작했다. 가히 그 모습이 조선시대 기방에서 멋진 춤을 추는 사대부 같았다. 덩실덩실 춤을 추며 그 아수라장을 즐기고 또 즐겼다. 그리고 상희는 자기 자리로 돌아가 가방에서 동전 다발을 꺼내 선생님 앞으로 전부 던졌다.

"어제 욕 벌금하고 오늘 제가 저지른 일에 대한 벌금입니다! 오만 원이에요! 이거면 제가 저지른 일에 대한 대가로 충분할 거예요."

　상희의 그런 말에도 선생님은 귀에 들리는지 안 들리는지 정신을 잃어가기에 바빴다. 교실 안은 난리 통이 되었고 선생님은 연신 구역질을 하다가 결국 혼절하고 말았다. 그녀의 바지에는 피가 흥건했다. 그 난장판 속에서 정신을 차린 아이는 자영이가 유일했다. 아이들 대부분 구역질과 구토를 했으며 우는 아이도 있었다. 자영이는 재빨리 양호실로 가서 양호 선생님에게 사실을 알렸고 공중전화로 달려가 119에 신고를 했다. 상당히 빠른 시간에 구급차는 도착했고 선생님은 들것에 실려 교실을 그렇게 떠났다. 상희에게는 그게 선생님의 마지막 모습이었다. 전학을 코앞에 두고 저지른 거사였기 때문이다. 신기하게도 냄새가 고약했지만 나만은 구역감을 느끼거나 토악질을 하지 않았다. 물 흐르듯 그냥 그 모든 상황이 자연스럽게 보였다. 거부감도 없었으며 불편함도 없었고 일어나야만 하는 일이 일어난 듯 난 유심히 그 장면과 상황을 관망했다. 그리고 상희는 자기 가방을 챙겨 그 길로 학교를 도망쳤다. 남자 선생님들이 들이닥치면 상희는 몽둥이찜질을 당할 게 뻔했기에 아무 미련도 없던 상희는 그길로 도망을 친 것이다. 많은 선생님이 몰려와서 상황은 진압되었고 사건에 동조했던 복훈이와 진운이는 교실의 분뇨들을 모두 치우고 남자 선생님의 모진 고문과도 같은 괴롭힘에 시달려야만 했다. 들려온 소식에 의하면 김란희 선생님은 입원을 했고 다행히도 출산에는 문제나 어려움이 없을 거라는 의사의 소견이 있었고 입원해야 했기에 며칠 병가를 사용한다고 했다. 반 아이들은 뿔뿔이 이 반 저 반으로 흩어져 수업을 들어야만 했고 나는 다른 반에서 며칠 지내며 알 수 없는 자유로움을 느꼈다. 욕을 사용해도 뭐라 할 사람이 없었고 김란희 선생의 기운이 느껴지지 않는다는 자체가 나를 또는 우리 반 아이들을 행복하게 했다. 데모할 때 부르는 노래를 부르지 않아도 된다는 것이 너무 좋았다. 연필을 쓰지 않고 샤프를 써도 되는 그 자유를 빼앗아 가는 사람이 아무도 없었다. 방과 후 나는 복훈이와 길을 걸었다. 나는 복훈이에게 물었다. 어떻게 그런 아수라장에서 춤을 출 수 있었냐고 말이다.

"기쁘니까 그랬지! 멸망하는 세상을 보는 기분이었어!"

"그게 기뻤니?"

"암! 기쁘고말고! 다 같이 망하는 거지!"

"넌 그게 왜 기쁜데?"

"그런 생각 해 본 적 있냐?"

"무슨 생각?"

"난 살면서 기쁘고 행복한 적이 단 한 번도 없었어! 그게 반복이 되면 정말 슬프거든. 근데 그 슬픔이 반복되면 화가 나! 마음에 화가 가득

차 있게 돼! 그리고 그 화가 계속되면 어느 순간 남의 고통이 나의 기쁨이 되더라고! 그래서 아까는 정말이지 춤이 절로 춰지더라!"

나는 복훈이의 말을 들으면서 슬프기도 했고 이해도 됐으며 좀 미안한 생각이긴 했지만 복훈이는 이다음에 커서 TV에 나오는 범죄자가 될 확률이 높다고 생각했다. 어쩌면 복훈이는 나나 상희보다 훨씬 사랑을 덜 받았을 거라는 생각이 들었다.

"복훈아! 넌 외롭지 않니? 아이들이 네가 없으면 하고 바랄 때가 많잖아?"

"외롭지… 근데 그 모습을 애들한테 보이면 내가 왠지 지는 거 같아서 그런 모습 보이기 싫어!"

"나도 때로는 지희 무리처럼 선생님한테 굴복하고 그 안에서 편하게 지냈으면 할 때가 있어! 넌 아니니?"

"나?"

복훈이는 놀라며 되물었다. 나는 고개를 끄덕였다.

"나도 그렇긴 해… 나도 주인공이 되고 싶고… 나도 담인 년한테 칭찬도 받아보고 싶어! 그리고 담임 년이 날 항상 골치 아픈 문제처럼 보는 게 아니라 지희 년에게 따뜻하게 말하고 바라보듯 나한테도 그래 줬으면 좋겠다."

결국 복훈이의 과격한 행동과 파괴적인 욕설은 그 아이의 생존 본능과도 마찬가지였던 것이다. 복훈이도 그랬고 나도 그랬다. 선생님에게 굴종하지 않으려고 힘겨운 싸움을 하고 있는 건 매한가지였다. 그러나 난 다짐했다. 그녀가 만든 무거운 세상을 힘들게 떠받들고 있지만 결코 항복하거나 불쌍한 표정을 지으며 그녀에게 동정의 손길을 원하는 동시에 그녀의 따뜻하고 편안한 세상 속으로 들어가지 않기를 말이다.

16

나는 돌아오는 길에 복훈이와 헤어지고 문득 지희가 고초를 당했던 모습이 생각났다. 레이스가 달린 하얀 원피스에 똥물이 튀었고 얼굴과 팔에도 똥이 한 치의 자비도 없이 퍼부어졌다. 헛구역질에 엉엉 울었다. 괜히 미안한 마음이 내 안으로 들어왔다. 엄밀히 말하면 알려지진 않았지만 나도 사건의 공범이었고 지희에게 피해를 입힌 사람이었기 때문이었다. 지희를 만나서 사실대로 나도 사건에 개입했다고 말할 자신은 없었다. 그렇지만 만나서 대화를 하고 싶었다. 미안하다고 말은 못 해도 그저 그 아이가 고통스러워하고 있다면 달래 주고 싶었다. 나는 막연한 의무감으로 지희네 산부인과로 갔다. 만날 수도 없다는 걸 알면서도 난 무작정 그곳으로 걸었다. 내 마음이 통했는지 지희는 다른 옷으로 갈아입고 병원 앞 터에 주저앉아 있었다. 언뜻 보니 울고 있는 것 같았다.

"지희야! 울어?"

"누구야?"

고개를 든 지희가 눈물 때문인지 나를 못 알아보는 듯했다.

"나야! 장훈이! 괜찮아?"

평소 친하지 않은 내가 갑자기 찾아와서 당황했는지 나를 경계하는 눈빛이었다.

"무슨 일로 왔어?"

"응! 그냥 괜찮나 싶어서… 상희가 저지른 일 때문에 오늘 많이 힘들었을 것 같아!"

내 말에 대답을 망설이던 지희는 고개를 끄덕였다.

"씻고 씻어도 냄새가 도무지 사라지질 않아!"

항상 좋은 옷에 좋은 학용품에 넘치는 자신감과 그걸 넘어선 오만
함을 가지고 있던 지희는 똥에 범벅이 되어서 목욕을 한 듯 보였고 그
지워지지 않는 냄새는 비누 냄새와 섞여 여전히 내 코를 찔렀다.

"근데 왜 여기서 울고 있어?"

"엄마가 실망을 많이 하셨어…."

"이 사건이 일어난 이유를 말씀드렸니?"

"그냥 내가 똥을 뒤집어쓰고 학교에서 돌아온 게 창피하셨나 봐!"

"걱정은 안 해주셔?"

그 말에 지희는 고개를 끄덕였다. 그리고 내 질문에도 지희는 정확
한 대답을 하지 않았다.

"선생님도 많이 힘들겠다. 그렇지?"

"선생님만 아니었어도 내가 이렇게까지 되는 건 아니었는데…."

지희는 그때 처음으로 자신의 추종자에게 원망이란 걸 하고 있었다. 난 상당히 놀랐고 심지어 내 귀를 의심하기까지 했다.

"그렇게 생각해?"

"그래! 선생님이 상희를 함부로 대한 것은 맞잖아? 물론 나도 잘못했지만…."

나는 지희의 말을 들으면서 그 아이의 마음속에는 반성이란 것이 전혀 없다는 것을 알 수 있었다.

"그렇지… 선생님이 올바른 사과만 하셨어도 상희가 너나 선생님한테 그러지 않았을 거야!"

나는 딱히 할 말이 떠오르지 않았다. 다만 생각나는 건 어쩌면 사람은 태어날 때부터 악하거나 혹은 선한 것을 타고날지도 모른다는 생각이 들었다. 따뜻하고 화목하고 부요한 가정에서 올바른 교육을 받으며 자란다고 해서 무조건 착한 것은 아니라는 생각을 그때 처음 가졌다.

"내가 비밀 하나 말해 줄까?"

지희가 나에게 눈물을 훔치며 말했다.

"비밀? 무슨 비밀?"

"넌 내가 담임선생님을 좋아하는 것 같아 보이지?"

"그렇지… 매일 선생님이랑 밥도 먹고. 너야 늘 칭찬만 들으니까!"

"나도… 힘들어… 그렇게 담임선생님 눈 밖에 나지 않으려고 애쓰는 게 실은 너무 힘들어! 나랑 친한 애들 다 마찬가지일 거야! 다만 속마음을 말하면 서로가 서로를 이상하게 볼까 봐 참고 있는 거지!"

지희의 고백은 나에게 충격이었다. 그녀가 만든 왕국에서 호사를 누리며 사는 줄 알았지만 그 애는 그 애 나름대로 무거운 짐을 지고 있었던 것이다. 그리고 나는 지희에게 해줄 말이 마땅히 떠오르지 않았다. 미안하다는 말을 용기 있게 먼저 꺼낼 수 없었고 그렇다고 잘해 보자는 응원의 말도 할 수 없었다. 6학년이 시작되면서 그녀가 만든 왕국 안에서 나와 지희는 간격이 너무나도 멀었기 때문이었다. 그리고 지희에게 고맙다는 생각이 들었다. 그렇게 무너지듯 속마음을 나에게 털어놨다는 게 왜인지 모르지만 고마웠다.

"그래… 속마음을 말해줘서 고마워! 고맙다!"

그렇게 지희에게 말을 전하고 나는 상희를 찾으러 그 집으로 갔다. 무슨 할 말이 있어서라기보다 친구이기에 성공의 막을 내린 그의 거사를 축하하고 싶었고 혹시나 죄책감에 위축되어 있을지 모르는 친구를 위로하고 싶었다. 저녁이 가까워져서 해가 질 때 즈음 상희네 집에 도착했다. 할아버지는 아직 오시지 않았고 방안 전구가 불을 밝히고 있었다.

"상희야! 나야!"

밖에서 내가 큰소리로 불렀다. 그러자 초가집 문이 열리며 상희의 누나가 경계심이 가득한 눈으로 나를 보았다.

"그 새끼 아직 안 왔어!"

마루로 걸어 나오며 누나가 통명스럽게 한 말이었다. 그리고 마루에 걸터앉아 무슨 일이냐고 물었다. 나는 아무 말도 할 수 없었다. 그리고 궁금한 점이 있었다. 이 시간이면 상희의 누나는 학교에 있어야 할 시간인데 집에 있는 것이 궁금했다. 그리고 단 한 번도 중학생이 입는 교복을 입는 모습을 본 적이 없었다. 내가 뭔가를 눈치채고 쭈뼛거리자 누나는 내가 궁금해하는 것을 눈치챈 듯했다.

"나는 학교에 다니지 않아! 그리고 난 글도 몰라!"

느닷없이 그렇게 말하는 누나의 말 때문에 깜짝 놀라기도 했고 누나의 말속에서 나는 원통함을 볼 수 있었다.

"그렇구나… 누나는…"

나는 그저 그렇게 대답했다.

"이제 엄마 따라 서울로 가면 나도 학교를 다녀야겠지… 반 아이들은 검둥이라고 나를 놀릴 거고. 글도 모른다고 면박을 주겠지… 난 또 골이 아파질 테고…."

누나의 말에는 이제 가난을 벗어나 서울로 가서 시작될 좋은 미래에 대한 기대나 소망 같은 것이 없었다. 난 상희와 누나가 새로이 시작할 수 있는 서울로 간다는 것이 무척이나 부러웠지만 살색이 검었던 상희 누나에게는 아니라는 생각이 이해되기 시작했다.

"그 새끼… 혹시 무슨 사고라도 쳤냐?"

나는 그 물음에 대답하지 않았다. 하지만 상희가 늦도록 집에 돌아오지 않고 내가 상희를 찾아왔다는 사실에 누나는 무언가 알아차린 듯했다.

"그럴 만한 이유가 있었겠지! 만약 그놈이 그랬다면… 나도 종종 그랬었고! 그런데 말이야. 상희 그놈은 자기 아빠를 본 적도 없으면서 그렇게 아빠 타령을 했어! 시계를 꺼내 보며 있지도 않은 아빠 같은 것을 생각하더라고! 다른 애들이 아빠랑 다니는 게 부러우면 자기 전에 꼭 시계를 보고 그러더라고! 근데 요 며칠 시계를 만지작거리는 일이 없네!"

나는 그 이야기를 들으면서 내가 상희를 위해 무엇을 할지 정확히 떠올랐다. 집으로 돌아오면서 그 행동을 다짐하기까지 많은 마음의 힘이 필요했지만 난 그 일을 해야만 했다. 난 곧장 집으로 갔고 내 창고 문을 열고 돼지저금통을 힘겹게 집어 들었다. 그리고는 어른들이 눈치채지 못하도록 조용히 밖으로 나와 상희와 갔던 금은방을 향해 먼 길을 걸었다. 이미 늦은 밤이었고 금은방은 여전히 불이 환하게 밝혀 있었다. 내가 두 손에 무겁게 저금통을 들고 금은방 안으로 들어서자 아저씨는 흥미로운 눈빛으로 쳐다보았다.

"아저씨! 시계를 찾으러 왔어요. 제 친구는 이제 다시 금은방에는 못 올 것 같아서 제가 대신 왔어요. 여기 제 저금통이 있는데 꽤 오래도록 모았어요. 십 원짜리랑 오십 원짜리는 없고 전부 백 원짜리랑 오백 원짜리예요. 아마 오만 원은 훨씬 넘을 거예요. 시계를 제가 대신 받아 갈 수 있나요?"

나는 울먹이는 목소리로 말했다. 그 말에 아저씨는 계속 환한 미소만 보일 뿐이었다. 대답은 않고 말이다.

"시계는 반드시 나에게 맡긴 본인에게만 줘야 하는데 네가 대신 받아 가면 일이 안 좋게 될 수 있어서 그러거든…."

"실은 그 친구가 오만 원을 마련할 수 있는 상황이 아니에요. 그래서 제가 대신 저의 저금통을 가져온 거예요. 그리고 솔직히 저금통에 있는 돈이 오만 원이 훌쩍 넘으니까 다 가지세요."

"이렇게 하자! 시계는 내가 그냥 줄 테니까! 이 저금통은 내가 너희들에게 주는 선물이야! 애들답지 않은 모습이 참 재미있네!"

그렇게 말하고는 아저씨는 서랍에서 시계를 꺼내어 나에게 주었다. 나는 시계를 받아들고 눈치를 슬금슬금 보았다. 시계는 여전히 째깍거리는 소리가 강하게 났다. 아저씨의 말을 믿지 못하고 시계만 들고 서 있었는데 아저씨가 턱 위에 올려진 저금통을 내 쪽으로 슬그머니 밀었다. 그리고는 웃으셨다. 나는 시계를 주머니에 넣고 저금통을 만지작거렸다. 머뭇거리고 있는 내 모습을 보더니 아저씨는 저금통을 번쩍 들어 내 품에 안겨주며 이제는 금은방을 닫을 시간이라며 나보고 얼른 가보는 게 좋겠다고 말하셨다. 나는 마음에 공짜로 무언가를 얻었다는 풍성한 마음과 부요함을 느끼며 집으로 돌아왔다. 이제는 상희가 전학 가기 전 다시 만나 시계만 전해 주면 내가 할 일은 끝이었다.

17

상희가 전학을 가는 날이었다. 그 사건이 있은 후, 상희는 아이들과 격리되어 상담실에서 종일 자습을 하다가 집으로 돌아갔다. 시계를 주기 위해 집에도 가 봤지만 집에는 아무런 인기척이 없었다. 궂은비가 왔다. 날은 흐렸고 가을이라 선선함 이상을 느낄 수 있었다. 똥물을 뒤집어쓰고 하혈을 했던 담임선생님은 아직 돌아오지 않았고 우리반 아이들 중 선생님에게 자원해서 문병을 가는 사람은 단 한 명도 없었다. 아이들은 각각 이 반 저 반으로 흩어져 수업을 했기에 상희가 따로 작별인사를 고할 시간은 주어지지 않았던 것 같다. 주머니 속에서 시계의 초침이 흘러가는 게 허벅지에 아주 잘 느껴졌다. 초조했다. 상희는 떠나는데 시계를 줄 수 없다면 허망할 것 같았다. 나는 수업 중에 몇 번이고 창 밖을 내다보았다. 그렇지만 운동장에는 아무런 흔적이나 사람 인기척도 느껴지지 않았다. 손바닥에는 자꾸 땀이 고였고 땀을 연신 바지에 닦아 내느라 허벅지가 축축해졌다. 3교시가 끝나고 창 밖을 내다보았을 때 차 한 대가 운동장으로 들어섰다. 차는 멈춰 섰고 귀부인 같은 아주머니가 운전석에서 내렸다. 아주머니는 학교 건물 안으로 들어왔다. 짐작이 맞다면 전에 교실 입구에서 본 상희의 엄

177

마였을 것이다. 그리고 내 짐작은 정확했다. 우산 세 개가 건물 밖에서 나왔고 두 개는 어른 우산이었고 하나는 어린아이 우산이었다. 그리고 난 그 어린아이 우산이 상희의 우산인 걸 알아차렸다. 그 셋은 자동차 쪽으로 걸어가고 있었다. 난 직감적으로 알았다. 이때가 아니면 내가 상희에게 시계를 전해 줄 기회가 없다는 걸 말이다. 수업은 한참 진행 중이었고 학생이 혼자 이탈해서는 안 되는 시간이었다. 그렇지만 방법이 없었다. 이제 곧 상희는 떠난다. 나는 망설이고 갈등하다 의자를 박차고 일어나 실내화를 신은 채 교실을 뛰쳐나왔다. 나오면서 확인한 장면은 상희와 상희 엄마가 다른 어른에게 인사를 했고 차에 오르려 준비하고 있었다. 나는 있는 힘을 다해 뛰었다. 수업을 진행하던 다른 반 선생님은 나를 큰소리로 불렀고 그 소리에 뒤돌아보다 다시 힘을 다해 뛰었다. 이내 실내화를 신은 채 운동장까지 나왔지만 차는 시동을 걸고 달리기 시작했다. 사력을 다해 뛰어보지만 차는 멈출 줄 모른다. 숨이 찼다. 양말은 빗물이 잔뜩 고인 흙탕물에 다 적셔졌고 물이 먹은 만큼 다리는 무거웠다. 그래도 뛰었다.

'상희야! 내가 전해 줄 것이 있어! 그리고 꼭 할 말도 있단 말이야.'

마음속으로 말해 보았다. 차에 가속이 붙는다. 힘을 쥐어짜며 뛴다. 비가 내린다. 얼굴에는 빗물인지 눈물인지 모르는 것이 흘러내린다.

드럼통

초판인쇄 2024년 6월 10일
초판발행 2024년 6월 10일

지은이 최상훈
펴낸이 채종준
펴낸곳 한국학술정보(주)
주 소 경기도 파주시 회동길 230(문발동)
전 화 031-908-3181(대표)
팩 스 031-908-3189
홈페이지 http://ebook.kstudy.com
E-mail 출판사업부 publish@kstudy.com
등 록 제일산-115호(2000. 6. 19)

ISBN 979-11-7217-373-9 03810

이담북스는 한국학술정보(주)의 학술/학습도서 출판 브랜드입니다.
이 시대 꼭 필요한 것만 담아 독자와 함께 공유한다는 의미를 나타냈습니다.
다양한 분야 전문가의 지식과 경험을 고스란히 전해 배움의 즐거움을 선물하는 책을 만들고자 합니다.